HARRY CARMICHAEL

Etwas bitter im Geschmack

Wer Goldmann Kriminalromane liest,
zeigt, daß er auf Niveau achtet.

Von Harry Carmichael
sind zur Zeit lieferbar:

Affäre Dr. H. 3056
Bitter wie Strychnin. 4085
Das ferngelenkte Alibi. 4019
Etwas bitter im Geschmack. 4091
Gefahr für Madeleine. 2236
Geflohen aus Dartmoor. 4012
Mehr Schatten als Licht. 2244

HARRY CARMICHAEL

Etwas bitter im Geschmack

A SLIGHTHLY BITTER TASTE

Kriminalroman

WILHELM GOLDMANN VERLAG MÜNCHEN

KRIMI VERLAG AG WOLLERAU/SCHWEIZ

Die Hauptpersonen des Romans sind:

Mr. Quinn	Polizeireporter
Carole Stewart	Filmproduzentin
Michael Parry	Schriftsteller
Adele Parry	seine Frau
Neil Ford	Antiquitätenhändler
Irene Ford	seine Frau
Dr. Bossard	Arzt
Ariadne Wilkinson	Nachbarin der Familie Parry
Mrs. Gregg	Zugehfrau
Inspektor Elvin	Kriminalbeamter
Sergeant Taylor	Kriminalbeamter

Der Roman spielt in Castle Lammering, Dorset, England.

Ungekürzte Ausgabe · Made in Germany
 Aus dem Englischen übertragen von Wulf Bergner. Umschlagentwurf: Hannes von Gundlach. Gesetzt aus der Linotype-Garamond-Antiqua. Druck: Presse-Druck Augsburg. K 796/KRIMI 4091 · Rü/Wg

ISBN 3-442-04091-4

1

Es war eine gute Party. Nach einer Stunde amüsierte Quinn sich herrlich. Er war von Anfang an nicht als Fremder behandelt worden, sondern gehörte automatisch dazu. Alle lachten über seine Witze; alle waren sehr nett und freundlich. Jeder hätte glauben müssen, sie seien alte Freunde. Und einige Drinks später fragte Quinn sich, warum er die anderen je für Fremde gehalten hatte.

Später fand er sich in Gesellschaft einer zierlichen jungen Frau wieder, die dunkelbraunes Haar und eine leicht heisere Stimme hatte. Sie war lustig. Sie war attraktiv genug, um seiner Eitelkeit zu schmeicheln, und intelligent genug, um amüsant zu sein. Sie gefiel Quinn immer besser. Sie paßten zusammen – allerdings mit dem Unterschied, daß sie nur Tomatensaft trank.

Ein niedliches Ding, überlegte Quinn sich. Sie trägt keinen Ehering . . . überhaupt keine Ringe. Ob sie etwas dagegen hat, wenn ich sie küsse? Ein Kuß ist schließlich ganz harmlos. Wenn sie etwas dagegen hat, braucht sie es nur zu sagen . . . Sie kreischt doch hoffentlich nicht?

Die dunkelhaarige junge Frau kreischte nicht. Sie tat gar nichts. Sie stand einfach nur da und ließ sich küssen. Quinn hatte das Gefühl, eine leblose Schaufensterpuppe in den Armen zu haben. Er wich zurück, wagte nicht, ihren Blick zu erwidern, und suchte verzweifelt nach einem Scherzwort, mit dem er diese peinliche Situation überwinden konnte. Dabei war seine Reaktion absurd. Er hatte keinen Grund, sich zu schämen, nur weil sie ihm nicht begeistert um den Hals gefallen war.

»Zufrieden?« fragte die Dunkelhaarige.

Quinn wußte nicht, welche Antwort sie erwartete. Hätte er weniger getrunken, wäre er sich seiner Sache sicherer gewesen. Er hätte vernünftigerweise den Mund halten sollen, aber dazu konnte er nicht mehr klar genug denken. »Nein«, antwortete er. »Sind Sie immer so – oder rieche ich etwa aus dem Mund?«

Die Dunkelhaarige lächelte ironisch. »Zwei Fragen, zwei Antworten: nein und ja. Ich bin nicht immer so, und Sie haben eine gräßliche Fahne.«

»Schon gut«, wehrte Quinn ab. »Wenn Sie auch etwas trinken würden, hätten Sie ...«

»Warum sollte ich etwas trinken? Von Alkohol bekomme ich nur Kopfschmerzen. Ich amüsiere mich auch so, denn ich brauche keinen Alkohol, um meine Hemmungen loszuwerden.«

»Sie haben gar keine«, behauptete Quinn.

»Oder ich stelle sie nicht zur Schau«, erwiderte sie.

Quinn warf ihr einen mürrischen Blick zu. Sie hatte kein Recht, ihn wie einen kleinen Jungen zu behandeln. Aber wenn er nicht versucht hätte, sie zu küssen, wäre es vielleicht nie zu dieser Entwicklung gekommen. Schade, jammerschade ... und das am ersten Urlaubstag!

»Haben Sie vergessen, daß ich hier bin?« fragte die junge Frau.

»Das verstehe ich eben nicht«, gab Quinn zu. »Sie können mich offenbar nicht ausstehen, aber Sie ...«

»Nur weil ich Ihnen nicht in die Arme gesunken bin?«

»Unsinn!« wehrte Quinn ab.

»Wie kommen Sie überhaupt darauf, es könnte mir Spaß machen, von jemand angetatscht zu werden, den ich erst vor kaum einer Stunde kennengelernt habe?«

»Das ist unfair!« protestierte Quinn. »Woher soll ich wissen, warum Sie solches Theater gemacht haben? Vielleicht liegt das an Ihrer Erziehung. Oder Sie müßten zu einem Psychiater. Ich habe erst neulich gelesen, daß ...«

»Mich interessiert nicht, was Sie gelesen haben. Ich möchte nur wissen, warum Sie mich küssen wollten.« Als Quinn nicht gleich antwortete, betrachtete die junge Frau ihn prüfend. »Sie haben wohl einen Schluck zuviel getrunken? Dann würde ich mich an Ihrer Stelle ein bißchen hinlegen.«

»Mir geht es glänzend«, behauptete Quinn. »Aber wir sind vom Thema abgekommen. Was wollten Sie vorhin wissen?«

»Warum haben Sie mich geküßt?«

»Lächerlich!« meinte Quinn. »Warum küßt man jemand?«

»Aber ich bin nicht der Typ dafür. Ich bin keine Schönheit, und Sie müssen zugeben, daß ich mich Ihnen nicht an den Hals geworfen habe. Trotzdem wollten Sie mich plötzlich küssen. Warum?«

Quinn fragte sich, ob er ihre Intelligenz überschätzt hatte. »Ich habe Sie geküßt, weil ich dachte, daß das nett sein würde.«

»Für Sie – oder für mich?«

»Natürlich für beide«, antwortete er. »Zu einem Kuß gehören zwei . . . so war es jedenfalls bisher. Erinnern Sie mich bitte daran, Sie nie wieder zu küssen.«

Damit hatte Quinn seiner Meinung nach für einen wirkungsvollen Abtritt gesorgt. Er ließ die Dunkelhaarige stehen und gesellte sich im Zimmer nebenan zu einer Gruppe von Männern. Jemand drückte ihm ein volles Glas in die Hand. Quinn trank . . . ließ sich nachschenken . . . trank wieder und büßte dabei sein Zeitgefühl ein. Als er später auf die Uhr sah, konnte er nicht mehr unterscheiden, ob es halb drei oder zehn nach sechs war.

»Sehen Sie nicht auf die Uhr, alter Junge«, riet ihm ein schnauzbärtiger Mann. »Trinken Sie lieber noch einen Schluck mit uns. Ist es nicht traurig, wenn man bedenkt, daß wir uns jetzt monatelang nicht mehr die Nase begießen können?«

Quinn schüttelte verständnislos den Kopf. »Warum nicht? Warum sollen wir das morgen . . . oder übermorgen . . . oder an jedem beliebigen Abend nicht tun können?« murmelte er undeutlich.

Der Schnauzbärtige starrte ihn an. »Dumme Frage, alter Junge, verdammt dumme Frage . . ., wenn ich so sagen darf.« Er schwankte leicht. »Sie haben doch wohl nichts dagegen, alter Junge?«

»Durchaus nicht«, versicherte Quinn ihm. »Ich nehme Ihnen das nicht übel, Mister. Wir leben in einem freien Land und . . .«

»Reg, alter Junge, einfach Reg ohne ›Mister‹. Wir sind hier alle gute Freunde. Und wie heißen Sie?«

»Quinn.«

»Wirklich?« Der schnauzbärtige Mann kniff die Augen zusammen. »Ein komischer Name. Aber ich will Sie keineswegs beleidigen, alter Junge!«

Quinn dachte angestrengt nach, bis ihm wieder einfiel, was er hatte sagen wollen. »Ich möchte Sie etwas fragen, wenn Sie gestatten.«

»Klar, alter Junge, fragen Sie nur!« Reg tippte sich mit dem

Zeigefinger an die Stirn. »Dahinter stecken die Erfahrungen eines ganzen Lebens. Bin überall gewesen, habe alles gesehen. Ich könnte Ihnen ...«

»Ja, aber ...«, begann Quinn.

»Ich könnte Ihnen Dinge über die menschliche Verworfenheit und Niedertracht erzählen, die ein ganzes Buch füllen würden«, fuhr der andere unbeirrt fort. »Das halten Sie vielleicht nicht für möglich, aber ...«

»Ich glaube Ihnen jedes Wort«, unterbrach Quinn ihn. »Aber ich möchte wissen, warum Sie meine Frage von vorhin als dumm bezeichnet haben.«

Reg schüttelte den Kopf. »Das verstehe ich nicht, alter Junge. Welche Frage meinen Sie überhaupt?«

»Ich wollte wissen, warum jetzt monatelang keine Party dieser Art mehr stattfinden kann«, erklärte Quinn ihm.

»Ist das denn nicht klar?« Der Schnauzbärtige schüttelte den Kopf. »Eigentlich sollte ich Ihnen nicht erklären müssen, daß niemand so tolle Partys gibt wie Charlie Hinchcliffe, Gott segne ihn. Wenn Charlie also verreist und erst Ende des Jahres zurückkommen will, gibt es vorläufig keine Partys mehr, nicht wahr?«

»Wahrscheinlich nicht«, stimmte Quinn zu.

»Richtig! Leute wie Charlie Hinchcliffe sind verdammt selten. Der gute alte Charlie hat ein goldenes Herz. Er würde Ihnen sein letztes Hemd geben. Das weiß jeder!«

»Ja, gewiß. Aber ich finde es ...«

»Er kann es sich natürlich leisten, zum Abschied ein richtiges Fest zu geben. Charlie ist gut bei Kasse, wissen Sie. Seine Frau hat ihm genug hinterlassen. Haben Sie sie noch gekannt, alter Junge?«

»Nein, nicht daß ich wüßte«, antwortete Quinn. Vor seinen Augen verschwamm alles, und seine Beine drohten einzuknicken. Der Raum kam ihm plötzlich unerträglich heiß vor.

»Eine prima Frau!« meinte Reg begeistert. »Legt sich in Charlies besten Jahren hin und stirbt – und hinterläßt ihm ein Vermögen. Seitdem kann Charlie kräftig auf die Pauke hauen. Das ist Glück, was?«

»Allerdings«, gab Quinn zu.

»Aber ich gönne es ihm natürlich«, fuhr der Schnauzbärtige fort. »Was halten Sie davon, wenn wir einen kleinen Schluck auf sein Wohl trinken? Ich komme gleich wieder. Laufen Sie nicht weg. Sie sind ein interessanter Bursche, Quinn, ein interessanter Bursche . . .«

Er verschwand und kam nicht mehr zurück. Quinn wartete noch einige Zeit auf ihn, drängte sich dann durch die Menge und wanderte von einem Zimmer zum anderen und entdeckte eines, in dem ein breites Bett stand. Er schloß die Tür hinter sich, öffnete das Fenster, um frische Luft hereinzulassen, und streckte sich auf dem Bett aus. Kurze Zeit später war er eingeschlafen.

Die dunkelhaarige junge Frau fand ihn dort. ». . . nach Ihnen gesucht«, hörte Quinn gerade noch. »Ich habe mir gleich gedacht, daß Sie sich irgendwo verkriechen würden.«

Quinn mußte sich erst räuspern. »Mir gefällt es hier ganz gut. Warum stören Sie mich? Ich möchte nur ein bißchen schlafen.«

»Aber nicht hier! Dies hier ist Jacquelines Zimmer.«

»Wer ist Jacqueline?«

»Charlie Hinchcliffe bezeichnet sie als seine Sekretärin. Sie ist bei seiner Firma angestellt, aber er beschäftigt sie auch privat, wenn Sie wissen, was ich meine.«

Quinn runzelte die Stirn. »Wer ist Charlie Hinchcliffe?« hörte er sich murmeln.

»Sind Sie so blau? Jeder kennt Charlie!«

»Ich nicht«, stellte Quinn fest. »Wie sieht er aus?«

»Klein, dicklich und kahlköpfig. Da Sie schon den ganzen Abend lang auf seine Kosten saufen, habe ich angenommen, Sie . . .«

Quinn wäre fast wieder eingeschlafen und schrak jetzt hoch. »Hören Sie, ich war in einem Pub und habe dort einen Mann kennengelernt, der mich als Reporter zu einer Party seines Freundes eingeladen hat.«

»Wie hieß dieser Freund?«

»Keine Ahnung«, gab Quinn zu.

»Aber nicht Charlie Hinchcliffe?«

»Ich kenne niemand, der Hinchcliffe heißt«, antwortete

Quinn. »Ich will auch niemand kennenlernen, der Hinchcliffe heißt. Bin ich deshalb ein Verbrecher?«

»Nein, nur ein uneingeladener Gast«, erklärte ihm die junge Frau. »Sie sind auf der falschen Party.«

Quinn hielt das für lustig. Er begann zu lachen. Aber die Dunkelhaarige stimmte nicht ein. »Los, kommen Sie mit!« befahl sie ihm. »Sie müssen nach Hause!« Sie rüttelte Quinn an der Schulter. »Wenn Sie mit dem Auto gekommen sind, können Sie nicht mehr fahren. Zu Fuß kommen Sie erst recht nicht nach Hause. Deshalb muß ich anscheinend den barmherzigen Samariter spielen.«

»Danke, ich komme allein zurecht«, wehrte Quinn ab.

»In Ihrem Zustand landen Sie bestimmt in der Gosse«, behauptete die junge Frau. »Jemand muß sich um Sie kümmern – und diesmal scheine ich an der Reihe zu sein.«

Quinn leistete keinen Widerstand, als die Dunkelhaarige ihn stützte, aus dem Haus führte und in einen Wagen verfrachtete, der dort geparkt war. Er nahm kaum bewußt wahr, daß die Morgendämmerung bereits angebrochen war und daß die ersten Vögel zu zwitschern begannen. Er hörte nur, daß die junge Frau ihn fragte: »Wo wohnen Sie?«

Komisch war nur, daß sie seine Antwort nicht zu verstehen schien. Quinn erklärte es ihr zweimal, aber sie fragte immer wieder danach. Ob sie auch einen Schluck über den Durst getrunken hatte?

Als sie dann losfuhr, hörte Quinn sie murmeln: »Okay, ich wollte es ja nicht anders! Warum muß ich mich auch immer um Dinge kümmern, die mich nichts angehen?«

2

Als Quinn nach endlos langer Zeit aufwachte, spürte er eine Hand an seiner Schulter und hörte die vertraute Stimme sagen: »Wenn Sie tot sind, brauchen Sie es nur zu sagen – dann trinke ich den Kaffee selbst. Bei Ihrem Anblick habe ich einen nötig.

Sie erinnern mich an Marats Leiche in Madame Tussauds Wachsfigurenkabinett.«

Quinn versuchte, die Augen zu öffnen. Aber die Sonne schien zu hell. Er wandte sich stöhnend ab.

»Das geschieht Ihnen ganz recht!« behauptete die Stimme.

Quinn sah kurz zu der dunkelhaarigen jungen Frau auf und schloß dann wieder die Augen. »Wie spät ist es?«

»Viertel nach fünf Uhr – nachmittags! Sie haben über zwölf Stunden lang geschnarcht. Wie geht's Ihrem armen Kopf?«

»Schlecht«, gab Quinn zu. »Geben Sie mir den Kaffee und seien Sie eine Weile still.«

Der Kaffee war heiß und stark. Quinn fühlte seine Lebensgeister wieder erwachen. Er riskierte einen Blick zu der Dunkelhaarigen hinüber, die in einem eleganten roten Hosenanzug attraktiv und jugendlich wirkte. Anscheinend machte ihr der fehlende Schlaf nichts aus.

Quinn fragte sich, ob sie gesehen worden war, als sie ihn in sein möbliertes Zimmer brachte ... oder als sie die Treppe hinabging ... oder als sie nachmittags zurückkam. Dann hatten die anderen Mieter endlich wieder genug Gesprächsstoff.

Dann merkte er, daß er sich gar nicht in seinem Zimmer befand. Dort standen kein breites Sofa und kein niedriger Tisch mit einer Vase voll Blumen. Bei ihm lag auch kein Orientteppich auf dem Boden. Durch die offene Tür sah er, daß nebenan ein Schlafzimmer lag; er erkannte ein mustergültig gemachtes Bett, einen Toilettentisch und den dazugehörigen Hocker, auf dem eine Handtasche und ein Paar Handschuhe lagen.

Was er vermutete, war unsinnig. Er trank den Kaffee aus, bevor er fragte: »Wo bin ich?«

»Wo Sie nicht sein sollten«, antwortete die junge Frau lächelnd. »Ich habe noch immer einen guten Ruf – aber mit solchen Sachen ruiniere ich ihn natürlich.«

»Bin ich in Ihrer Wohnung?«

»Sie sind jedenfalls nicht im Britischen Museum.«

Quinn richtete sich auf, um einen Blick aus dem Fenster zu werfen. »Ich komme mir wie Rip Van Winkle vor. Wo bin ich also?«

»Eineinhalb Meilen von Basingstoke entfernt. Das hier ist mein Wochenendhaus, in das ich mich zurückziehe, wenn ich Ruhe brauche. Das Leben in der Stadt . . .«

»Ja, ich weiß«, unterbrach Quinn sie. »Soll das etwa heißen, daß ich von der ganzen Fahrt nichts gemerkt habe?«

Die Dunkelhaarige lächelte. »Genau! Sie haben neunundvierzig Meilen lang geschlafen. Und ich habe zweimal gehalten, um zu sehen, ob Sie noch leben.«

»Aber warum kann ich mich an nichts erinnern?«

»Keine Ahnung. Sie waren zum Glück noch imstande, ein paar Schritte zu gehen, sonst hätte ich nicht gewußt, was ich mit Ihnen anfangen sollte.« Sie lachte unbekümmert.

»Das finde ich durchaus nicht witzig«, stellte Quinn fest. »Warum haben Sie mich hierher geschleppt?«

»Bilden Sie sich ja nicht ein, ich hätte es getan, um einen Mann im Haus zu haben! Ich wollte Ihnen nur eine Nacht in der Ausnüchterungszelle ersparen. Sie waren betrunken und zu nichts mehr imstande, mein lieber Mr. Quinn.«

»Sie hätten mich zu mir nach Hause bringen können«, wandte er ein. »Aber denken Sie bitte nicht, ich wäre undankbar!«

»Wie hätte ich Sie nach Hause bringen können, wenn ich nicht weiß, wo Sie wohnen?«

»Aber ich habe Ihnen doch die Adresse gesagt!« protestierte Quinn.

»Das haben Sie sich nur gedacht. Ich weiß alles andere – nur Ihre Adresse nicht.«

»Was soll das heißen?« fragte Quinn mißtrauisch.

»Sie haben mir Ihre gesamte Lebensgeschichte erzählt«, behauptete die junge Frau. »Sie wären kein guter Spion, Mr. Quinn. Sobald Sie sich ein paar genehmigt haben, breiten Sie vor dem ersten mitfühlenden Zuhörer die Geschichte Ihres Lebens aus.«

»Was habe ich gesagt?« fragte Quinn ängstlich.

»Oh, Sie haben keine gepfefferten Geschichten erzählt. Ich war sogar ein bißchen enttäuscht.«

»Machen Sie keine Witze!« verlangte Quinn. »Ich bin nicht in der richtigen Stimmung dafür.«

»Gut, wie Sie wollen. Sie sind unverheiratet, von Beruf Reporter und für den Polizeibericht der ›Morning Post‹ verantwortlich. Ihre Arbeit gefällt Ihnen, aber Sie hätten noch mehr Spaß daran, wenn Ihr zuständiger Redakteur nicht so ein gemeiner Hund wäre.« Sie machte eine Pause. »Stimmt das alles?«

»Ja«, gab Quinn zu. »Was habe ich noch erzählt?«

Die Dunkelhaarige zögerte. »Lassen wir's lieber dabei, ja?« schlug sie vor.

»Warum denn? Was habe ich noch gesagt?«

»Gut, wie Sie wollen! Ich weiß, daß Sie Ihre Freizeit meistens in Pubs verbringen, weil Sie einsam sind; daß Sie Ihre verheirateten Kollegen beneiden; daß Sie Minderwertigkeitskomplexe haben und daß Sie . . .« Sie machte eine Pause. »Das genügt vorläufig. Möchten Sie zwei Aspirin wegen Ihrer Kopfschmerzen?«

»Ja, bitte«, antwortete er, »wenn Ihnen das nicht zuviel Mühe macht.«

Sie lachte wieder. »Zuviel Mühe! Das ist ein guter Witz, wenn ich dabei an heute nacht denke.«

»Entschuldigen Sie, daß ich Ihnen so viel Arbeit gemacht habe«, sagte Quinn niedergeschlagen. »Ich hätte mich nicht so gehenlassen dürfen. Aber ich habe schon lange keinen Urlaub mehr gemacht – und heute beginnt für mich ein zweiwöchiger.«

»Ja, ich weiß. Das haben Sie mir auch erzählt.« Die junge Frau warf ihm einen fragenden Blick zu. »Und Sie wissen tatsächlich noch nicht, wo Sie diesen lange ersehnten Urlaub verbringen werden?«

»Ich kann mich für keinen bestimmten Ort entscheiden«, gab Quinn zu.

»Eigentlich ist es überall gleich«, behauptete die Dunkelhaarige, »wenn man die falsche Hälfte seiner Persönlichkeit mitschleppen muß.«

»Das klingt ja, als wäre ich schizophren!« widersprach Quinn. »Dabei . . .«

»Schon gut«, unterbrach sie ihn. »Ich hole Ihnen jetzt ein Glas Wasser und zwei Aspirin, damit Sie Ihren Brummschädel loswerden.«

Quinn schluckte gehorsam die Tabletten und lehnte sich mit

geschlossenen Augen zurück, um ihre Wirkung abzuwarten. Dabei mußte er eingeschlafen sein, denn er schrak auf, als die junge Frau ihn fragte, ob er noch eine Tasse Kaffee wolle.

»Für heute haben Sie genug geschlafen, glaube ich«, fügte sie hinzu. »Jetzt brauchen Sie eine kalte Dusche. Im Bad finden Sie alles, was Sie brauchen – auch einen Rasierapparat. Nein, ich brauche ihn nicht selbst. Er hat einem Mann gehört, der früher hier gewohnt hat.«

»Danke«, sagte Quinn. »Sie haben sich rührend um mich bemüht. Wenn ich jemals etwas für Sie . . .«

»Keine Angst, ich bin nicht zu schüchtern, um Sie meinerseits um einen Gefallen zu bitten«, wehrte sie ab. »Sie brauchen sich übrigens nicht die Mühe zu machen, mir einen Blumenstrauß schicken zu lassen. Das hätte ich auch für jeden anderen getan.«

»Schade«, meinte Quinn. »Ich hatte gehofft, Sie hätten es getan, weil Sie mich mögen.«

Sie betrachtete ihn kritisch. »Wenn sich unter dieser unansehnlichen Fassade nicht eine reine Seele befindet, wüßte ich nicht, was ich an Ihnen mögen sollte.«

»Es kommt nicht nur auf das Äußere eines Menschen an«, wandte Quinn ein.

»Um so besser für Sie, nicht wahr?« Die junge Frau lächelte schwach. »Sie haben aschblondes schütteres Haar, sind blaß und haben blutunterlaufene Augen . . . und Sie müssen sich unbedingt rasieren. Außerdem passen in Ihrem Gesicht Nase und Kinn nicht zusammen. Die Nase ist etwas zu spitz.«

»Die beiden gehören aber schon über dreißig Jahre zusammen«, erklärte Quinn ihr. »Allerdings scheint dies das verrückteste Jahr zu werden, weil ich Sie kennengelernt habe.«

»Danke, gleichfalls.« Die Dunkelhaarige runzelte die Stirn. »Vielleicht bin ich verrückt, aber ich finde Sie trotzdem sympathisch. Andererseits gefällt mir vieles an Ihnen nicht. Würden wir uns oft sehen, hätte ich Sie bestimmt bald satt.«

»Das beruht auf Gegenseitigkeit«, versicherte Quinn ihr. »Hören Sie, ich mache Ihnen einen Vorschlag: Wenn Sie in den nächsten zwei Wochen Zeit haben, könnten wir versuchen, wer wen zuerst satt hat.«

Sie starrte ihn an. »Ich soll mit Ihnen in Urlaub fahren?«

»Ja – aber nicht als Mr. Und Mrs. Smith. Mein Angebot hat keinen Haken.« Quinn lächelte. »Natürlich besteht immer die Möglichkeit, daß sich aus einer Freundschaft etwas anderes entwickelt . . .«

»Zählen Sie lieber nicht darauf!«

»Aber ich darf doch hoffen? Vielleicht wäre es ein guter Anfang, wenn Sie mir Ihren Namen verraten würden.«

»Oh, ich dachte, Sie wüßten ihn noch.« Sie gab Quinn die Hand. »Ich heiße Carole Stewart.«

»Ich warte noch auf Ihre Antwort«, sagte Quinn. »Was halten Sie von meinem Vorschlag?«

»Darüber muß ich erst nachdenken. Möchten Sie noch eine Tasse Kaffee, bevor Sie aufstehen?«

»Ja, bitte«, antwortete Quinn.

Carole Stewart verschwand in der Küche, ließ jedoch die Tür offen. »Sind Sie schon einmal in Castle Lammering gewesen?« wollte sie wissen.

»Nein. Wo liegt das?«

»In Dorset . . . nicht weit von Blandford entfernt. Etwa zwanzig Meilen außerhalb von Salisbury, um es genau zu sagen. Das Dorf – Castle Lammering, meine ich – hat nur ein paar hundert Einwohner, zwei Pubs und weder Wettannahmestellen noch Spielsalons. Die nächste große Straße ist meilenweit entfernt.«

»Klingt gut«, gab Quinn zu. »Sind Sie schon einmal dort gewesen?«

»Sogar ziemlich oft. Ich habe dort Freunde, denen die Villa Elm Lodge am Ortsrand gehört. Sie sind reich und haben gern Gäste.«

»Wie nett«, murmelte Quinn ironisch.

»Sie haben mich eingeladen, ein langes Wochenende bei ihnen zu verbringen – vielleicht von heute bis Dienstagmorgen.« Carole Stewart kam mit dem Kaffee zurück. »Trinken Sie ihn, solange er heiß ist«, riet sie Quinn. »Sie wissen nicht, wohin Sie im Urlaub fahren sollen«, stellte sie dann fest. »Ein paar Tage in Castle Lammering könnten Ihnen nicht schaden. Würden Sie mich begleiten wollen?«

»Sogar sehr gern«, antwortete er. »Aber was sagen Ihre Freunde dazu, wenn Sie einen Unbekannten mitbringen?«

»Sie freuen sich bestimmt«, erklärte Carole ihm. »Ein neues Gesicht wäre eine nette Abwechslung.«

»Dann nehme ich die Einladung dankend an.« Quinn runzelte die Stirn. »Merkwürdig, nicht wahr?«

»Was ist merkwürdig?«

»Die Gerechtigkeit ist anscheinend blind. Dafür, daß ich mir gestern die Nase begossen habe, hätte ich eigentlich in einer Ausnüchterungszelle landen müssen. Aber statt dessen werde ich das Wochenende in Ihrer Gesellschaft in einem Landhaus verbringen. Was kann man mehr verlangen?«

Carole lächelte verschmitzt. »Freuen Sie sich nicht zu früh. Vielleicht langweilen Sie sich dort zu Tode. In Castle Lammering passiert nie etwas.«

»Das klingt zu gut, um wahr zu sein«, behauptete Quinn. »Ich suche schon lange einen ruhigen Zufluchtsort dieser Art.«

3

Er fühlte sich wesentlich besser, als er geduscht und sich rasiert hatte. Während er sich anzog, klopfte Carole an die Tür.

»Ich habe mir die Sache noch einmal überlegt ...«, begann sie.

»Und dabei ist Ihnen eingefallen, daß Sie mich doch nicht einfach mitbringen können, nicht wahr?« unterbrach Quinn sie.

»Unsinn! Ich habe mir nur überlegt, warum Sie vorher in die Stadt zurückmüssen.«

»Ich brauche ein paar Kleinigkeiten«, erklärte Quinn ihr. »Ich habe nicht einmal eine Zahnbürste hier.«

»Im Spiegelschränkchen liegt eine neue«, stellte Carole fest. »Sie können auch den Rasierapparat mitnehmen. Der frühere Besitzer hat nichts dagegen, glaube ich.«

»Das ist sehr nett von ihm, aber wenn ich bis Dienstag verreise, brauche ich mehr als einen Rasierapparat und eine Zahnbürste. Ich kann nicht sechs Tage lang das gleiche Hemd anziehen, in dem ich heute nacht schon geschlafen habe.«

»Welche Kragenweite haben Sie?« wollte Carole wissen.

»Neununddreißig. Warum?«

»Im Wäscheschrank in der Diele liegen ein halbes Dutzend Hemden dieser Größe, zwei Schlafanzüge, Unterwäsche und Socken«, erklärte sie Quinn. »Sie brauchen sich nur zu bedienen.«

»Aber was sagt der Mann dazu, dem das alles gehört?« erkundigte Quinn sich. »Wie reagiert er auf diese Zweckentfremdung, wenn er zurückkommt?«

»Hinter diesen beiden Fragen spüre ich eine dritte«, antwortete Carole nach einer kurzen Pause. »Er kommt nicht zurück. Sie können alles benützen – es sei denn, Sie wollten Ihre eigenen Sachen holen und später nachkommen.«

»Das wäre Zeitverschwendung«, entschied Quinn. »Ich nehme Ihr Angebot dankend an. Darf ich Sie noch etwas fragen?«

»Nein, lieber nicht«, wehrte Carole ab. »Ich hole Ihnen jetzt einen Koffer, damit Sie das Zeug einpacken können . . .«

Sie fuhren erst gegen sechs Uhr ab. Als Quinn die beiden Koffer verstaute, sagte Carole plötzlich: »Jetzt können Sie sich die Sache noch anders überlegen.«

»Warum sollte ich das tun?« fragte Quinn.

»Nun, Sie wissen schließlich nicht, worauf Sie sich einlassen.«

»Das riskiere ich gern – es sei denn, Sie bereuten es, mich eingeladen zu haben.«

»Nein, ich bereue nie etwas«, versicherte Carole ihm. Sie setzte sich ans Steuer. »Wenn ich mich für etwas entschlossen habe, führe ich es auch durch. Und wenn es wider Erwarten schiefgeht, bedauere ich nichts.«

»Dann sind wir genau entgegengesetzt veranlagt«, gab Quinn zu. »Ich bilde mir später immer ein, ich hätte anders handeln sollen. Aber das habe ich Ihnen wahrscheinlich schon anvertraut, nicht wahr? Ich kann eben den Mund nicht halten.«

»Da sind Sie nicht der einzige«, sagte die junge Frau und fuhr an.

Quinn warf ihr einen prüfenden Blick zu. »Hören Sie, Carole, ich möchte von Anfang an etwas klarstellen. Wir brauchen uns nicht weiter mit dem Mann zu befassen, dessen Hemd ich trage. Meinetwegen ist er Ihr Bruder.«

Sie konzentrierte sich auf die Straße. »Ich habe keinen Bruder«, antwortete sie leise.

»Gut, dann eben Ihr Onkel, Ihr Neffe oder Ihr Großvater. Das geht mich nichts an.«

Carole nickte langsam. »Ich bin froh, daß ich Sie eingeladen habe, mich nach Castle Lammering zu begleiten. Ich habe das Gefühl, daß Sie genau der Mann sind, den ich im Augenblick brauche.«

»Stets zu Diensten!«

Carole legte ihm kurz die Hand auf den Arm. »Seien Sie lieber nicht zu voreilig, mein Freund. Vielleicht stellt sich noch heraus, daß Sie einer schlechten Sache dienen.«

»Kann sein«, gab Quinn zu, »aber das riskiere ich in diesem Fall gern.« Er wechselte das Thema. »Soll ich irgendwo unterwegs eine kleine Aufmerksamkeit für die Dame des Hauses besorgen?«

»Nein, nein«, wehrte Carole ab. »Adele braucht nichts, was Sie sich leisten können. Das müssen Sie sich vor Augen halten.«

»Wie Sie meinen. Ich habe zwar keine Erfahrung im Umgang mit der Frau eines reichen Mannes, aber . . .«

»Das ist sie nicht«, unterbrach Carole ihn. »Das Geld gehört ihr. Ich bezweifle, daß Michael jemals etwas zu den Haushaltungskosten beigesteuert hat.« Sie machte eine Pause. »Am besten erzähle ich Ihnen gleich, wie die Verhältnisse liegen. Aber ich verlasse mich darauf, daß Sie das für sich behalten. Ich möchte nicht, daß Adele glaubt, ich . . .«

»Selbstverständlich!« unterbrach Quinn sie.

»Michael Parry trinkt zuviel«, begann Carole.

»Da ist er nicht der einzige.«

Carole zuckte mit den Schultern. »Der Vergleich mit Ihnen hinkt. Sie trinken vielleicht gelegentlich einen über den Durst, aber Sie arbeiten wenigstens noch. Michael tut nichts.«

»Womit vertreibt er sich die Zeit?«

»Er fühlt sich als Schriftsteller. Sie kennen doch diesen Typ, der ewig an irgendeinem Meisterwerk arbeitet, das ihm mit einem Schlag Ruhm und Ehre einbringen soll.«

»Ja, solche Leute kenne ich«, stimmte Quinn zu.

»Aber ein Bestseller ist nicht einfach aus dem Ärmel zu schütteln«, fuhr Carole fort. »Ich glaube, daß Michael Talent hat, aber er gebraucht es nicht. Er ist geradezu arbeitsscheu.«

»Das kann man werden, wenn man eine reiche Frau heiratet«, behauptete Quinn.

»Adeles Geld hat Michael nur die Möglichkeit gegeben, nach Belieben zu faulenzen«, stellte sie fest. »Und wenn er deprimiert ist – das kommt ziemlich oft vor –, besäuft er sich einfach.«

»Freut mich, daß Sie ihn nicht leiden können«, meinte Quinn grinsend. »Ein Säufer in Ihrem Leben genügt.«

»Machen Sie keine dummen Witze! Außerdem irren Sie sich. Michael kann recht charmant sein. Ich halte ihn nur für einen Schwächling. Adele hätte einen besseren Mann verdient.«

»Vielleicht ist sie ganz glücklich mit ihm.«

»Wie kann sie mit einem Mann glücklich sein, der völlig von ihr abhängig ist?« fragte Carole irritiert.

»Wahrscheinlich ist er auch unglücklich«, meinte Quinn nachdenklich, »und trinkt deshalb.«

»Ja, ich weiß«, gab Carole zu. »Deshalb tut er mir eigentlich auch leid. Es ist zum Heulen, wenn er den großzügigen Gastgeber spielt, obwohl jeder weiß, daß Adele dafür bezahlt. Aber noch schlimmer ist ihr Blick, wenn ...« Sie zuckte mit den Schultern. »Reden wir lieber von Ihnen.«

»Über mich gibt es nicht mehr viel zu sagen«, antwortete Quinn, »aber ich weiß nichts von Ihnen. Ich kenne nicht einmal Ihren Beruf. Er scheint finanziell lohnend zu sein, wenn ich mir Ihr Wochenendhaus und Ihren Wagen ansehe.«

»Ich produziere Fernsehfilme«, erklärte Carole ihm.

»Das muß interessant sein.«

»Nicht sonderlich«, erwiderte sie. »Die Produktion ist ein Job wie jeder andere – auch wenn der Film auf dem Bildschirm interessant und spannend wirkt. In Ihrem Beruf erlebt man mehr.«

»Was man nicht kennt, erscheint einem immer romantischer«, behauptete Quinn.

»Vielleicht haben Sie recht. Aber ich würde es doch gern einmal damit versuchen ... Nur werde ich wahrscheinlich nie Gelegenheit dazu haben.«

Danach wurde Carole schweigsam und nachdenklich. Quinn überlegte sich, warum sie ihn eingeladen haben mochte, mit nach Castle Lammering zu fahren. Sie mußte doch genügend Männer kennen, die als Wochenendgäste besser geeignet gewesen wären ... zum Beispiel der Mann, der Hemden, Schlafanzüge, Unterwäsche und Socken in ihrem Haus zurückgelassen hatte. War er verheiratet gewesen, so daß die beiden nicht hatten heiraten können? War er Junggeselle gewesen und hatte die Verbindung zu Carole abgebrochen, als sie auf eine Eheschließung drängte? Und warum bewahrte sie seine Sachen noch immer auf? Hoffte sie etwa, er werde zu ihr zurückkommen? Oder waren die Sachen für jeden da, den sie mit nach Hause nahm? Quinn schämte sich dieses letzten Gedankens. Er fühlte sich als Heuchler, weil er wußte, daß er eine sich bietende Gelegenheit nicht ausschlagen würde. Vielleicht bot sich sogar eine, warum nahm sie ihn sonst nach Castle Lammering mit?

Quinn lehnte sich in den Sitz zurück, schloß die Augen und hing seinen Gedanken nach, während sie von Basingstoke aus nach Südwesten fuhren. Warum sie mich nur eingeladen hat? überlegte er sich. An meinem Aussehen kann es nicht liegen. Vielleicht tue ich ihr leid, und dies ist die gute Tat der Woche. Sie mag Michael Parry nicht, hat aber Mitleid mit ihm. Das ist immerhin bezeichnend ... Am besten lasse ich sie ganz in Ruhe und versuche nicht, unbedingt Konversation zu machen. Sie wird schon wieder zu reden anfangen, wenn ihr danach zumute ist ... Bis dahin kannst du die Fahrt an diesem herrlichen Sommerabend genießen. In Castle Lammering ist es bei solchem Wetter bestimmt schön. Du bist dort bei reichen Leuten eingeladen und kannst ein paar Tage lang aus dem vollen leben ...

Sie waren schon fast in Sutton Scotney, als Carole sich erkundigte: »Wie geht's Ihrem Kopf?«

»Nicht einmal schlecht«, antwortete Quinn und richtete sich wieder auf.

»Was halten Sie von einer Tasse Kaffee?« fragte sie weiter.

»Danke, ich möchte keine. Aber wenn Sie . . .«

»Oder hilft Ihnen ein Whisky eher auf die Beine?«

Quinn schüttelte den Kopf. »Ich möchte nicht mit einer Fahne bei Ihren Freunden aufkreuzen.«

Carole lachte humorlos. »Dann wären Sie Michael sofort sympathisch.«

Als Lopcombe Corner hinter ihnen lag, fragte sie Quinn: »Sind Sie denn gar nicht hungrig?«

»Erstaunlicherweise noch nicht«, antwortete er. »Aber wir bekommen doch etwas zu essen?«

»Natürlich. In Elm Lodge ist noch niemand verhungert. Seien Sie nur vorsichtig, sonst nehmen Sie zu.«

»Ich nicht«, erklärte Quinn ihr. »Ich wiege seit Jahren fünfundsechzig Kilo. Wie weit fahren wir noch?«

»Wir kommen jetzt nach Salisbury. Von dort aus sind es ungefähr dreißig Meilen nach Castle Lammering.« Carole sah auf ihre Uhr. »Wenn wir nicht irgendwo aufgehalten werden, müßten wir das Dorf gegen halb acht erreichen.«

Sie behielt recht. Es war Viertel nach sieben, als sie südlich von Blandford von der A 354 abbogen und dem Sonnenuntergang entgegenfuhren. Dort stand ein Wegweiser mit der Aufschrift: Castle Lammering – 8 Meilen.

Die schmale kurvenreiche Straße war kaum breit genug für zwei Autos. Sie führte durch hügeliges Gelände, an Hecken vorbei und schließlich durch ein Wäldchen.

»Wir sind gleich da«, stellte Carole fest. »Das Dorf fängt hinter dem Wald an. In drei oder vier Minuten sind wir in Elm Lodge.«

Die Straße beschrieb eine enge Linkskurve und führte geradeaus weiter. Einige hundert Meter vor ihnen lag Castle Lammering in einer Senke zwischen zwei niedrigen Hügelrücken: eine Ansammlung weißer Häuser mit Schindeldächern unterhalb der etwas erhöht stehenden Dorfkirche. Auf den Hügeln über Castle Lammering lagen hier und dort einzelne Häuser hinter Bäumen versteckt.

Carole zeigte auf eines davon. »Sehen Sie das Haus hinter den Ulmen dort oben links? Dort wollen wir hin.«

Zwei alte Männer sahen ihnen nach, als sie durchs Dorf fuhren. Ein kleiner Junge auf einem Dreirad winkte ihnen mit beiden Händen zu. Eine Frau vor dem Lebensmittelgeschäft legte eine Hand über die Augen, um besser sehen zu können.

»Fremde sind hier anscheinend selten«, stellte Quinn fest.

Carole nickte zustimmend. »Nach Castle Lammering verirren sich kaum Touristen, weil das Dorf so abseits der Hauptstraße liegt. Dabei kann man hier schöne Wanderungen machen, und es gibt genügend Pubs, wo man unterwegs ein Bier und einen Sandwich bekommt.«

»Die hiesigen Pubs sehen auch nicht schlecht aus.«

»Der ›Bird-in-Hand‹ ist soweit in Ordnung, aber ich finde den ›Treacle Pot‹ einfach zu ungemütlich«, antwortete Carole. »Der Bird-in-Hand ist übrigens Michaels Stammkneipe. Meistens geht er schon vormittags kurz hin. Die Nachmittage verbringt er ohnehin dort, wenn die Parrys nicht gerade Besuch haben.«

Vom Dorf aus führte eine sehr schmale Straße den Hügel hinauf bis zur Einfahrt des parkartigen Grundstücks mit den mächtigen Ulmen, denen die Villa ihren Namen verdankte. Vor ihnen erhob sich ein einstöckiges Gebäude aus grauen Steinquadern. Große Fenster gewährten einen weiten Blick über die Hügel, Weiden und Felder jenseits von Castle Lammering.

»Na, wie gefällt Ihnen das Haus?« fragte Carole, als sie auf dem kiesbestreuten Platz vor der Garage hielten, die drei Wagen Platz bot.

Quinn antwortete nicht gleich; er stieg aus, streckte sich und sah sich um. »Nicht übel«, meinte er anerkennend. »Wohnen Ihre Freunde ständig hier?«

»Ja. Michael fährt nur sehr selten weg. Adele kommt gelegentlich nach London, um Einkäufe zu machen – oder sie verbringt eine Woche im Sanatorium Wood Lake, wo Leute mit genug Geld vorgeben können, eine Schlankheitskur zu machen.«

»Warum will sie schlank werden?«

»Das hat sie gar nicht nötig. Aber ihr gefallen die Bäder, Massagen und kosmetischen Behandlungen. Sie fährt jedes Vierteljahr einmal hin.«

»Wie anstrengend!« meinte Quinn ironisch.

Carole klingelte an der Haustür. Als niemand öffnete, meinte sie: »Jemand muß doch zu Hause sein!« Sie klingelte erneut. Nach dem dritten Versuch lächelte sie resigniert.

»Vielleicht haben Sie unrecht?«

»Nein, nein, machen Sie sich nur keine Sorgen! Auch wenn sie weggefahren sind, müssen sie bald zurückkommen. Sie wissen, wann ich eintreffen wollte.« Carole drehte sich um. »Kommen Sie, wir sehen nach, ob der Wagen da ist.«

Sie gingen zur Garage. Carole öffnete eine der Schiebetüren. Quinn sah einen braunen Rover und dahinter eine Werkbank. Der Kofferraum des Wagens war nicht richtig geschlossen.

Carole und Quinn hörten die Musik fast gleichzeitig: irgendwo im Haus hatte jemand ein Radio eingeschaltet. Die junge Frau lief zum Eingang zurück und klingelte zehn Sekunden lang ununterbrochen. »Los, macht schon auf! Das müßt ihr doch gehört haben . . . Ah, endlich!«

Die Haustür wurde geöffnet. Auf der Schwelle stand ein mittelgroßer Mann mit blondem Haar, blaßblauen Augen und einem dunkelblonden Schnurrbart. Er mußte früher einmal gut ausgesehen haben, aber jetzt war sein Gesicht aufgedunsen, und er hatte ein Doppelkinn. Er starrte Carole an, als erkenne er sie nicht. Dann griff er an den offenen Kragen seines Hemdes, merkte, daß er keine Krawatte trug, und lächelte schwach.

»Hallo, Carole«, sagte er, nachdem er sich geräuspert hatte. »Das ist aber eine Überraschung! Ich habe dich eigentlich erst später erwartet.«

»Halb acht ist nicht sehr früh«, stellte sie fest.

»Ist es schon so spät?« fragte der Mann überrascht. Er wollte auf die Uhr sehen und merkte, daß er keine trug. »Ich hatte mich ein bißchen hingelegt und muß eingeschlafen sein . . .« Er sah zu Quinn hinüber. Dabei schien ihm etwas einzufallen, denn er wandte sich wieder an Carole. »Möchtest du mich nicht mit deinem Freund bekannt machen?«

»Gern«, antwortete sie, »ich habe nur noch keine Gelegenheit dazu gehabt. »Mr. Quinn . . . Mr. Parry. Adele hat mich gebeten, jemand mitzubringen, und ich . . . Wo ist übrigens Adele?«

Parry schüttelte Quinn die Hand. »Caroles Freunde sind auch unsere. Kommen Sie herein, alter Junge, und trinken Sie einen Schluck mit. Sie sehen so durstig aus.«

Die Haustür führte direkt in den riesigen Wohnraum, der fast das gesamte Erdgeschoß einnahm. In einer Ecke führte eine schmiedeeiserne Wendeltreppe in den ersten Stock hinauf. Die halbe Rückwand des Raums nahm ein mächtiger Kamin ein, vor dem mehrere Ledersessel standen.

Eine Regalwand teilte den Wohnraum. Ein Drittel diente als Eßnische, von der aus eine Durchreiche und eine Tür in die Küche führten. Die anderen zwei Drittel bildeten den eigentlichen Wohnbereich mit Sitzmöbeln, dem Kamin und der Hausbar, auf die Parry jetzt zuging. »Was darf's sein?« erkundigte er sich. »Wir haben alles da!«

»Eigentlich haben wir eher Hunger als Durst«, wandte Carol ein. »Hast du schon gegessen?«

»Gegessen? Ja, ich habe sehr gut zu Mittag gegessen.« Parry stellte einige Flaschen auf die Theke der Hausbar. »Keine Angst, wir haben reichlich Essen im Haus – der ganze Kühlschrank ist voll. Aber zuerst trinken wir einen Schluck. Das steigert den Appetit.«

»Gut, wenn's unbedingt sein muß, trinke ich ein Glas Tomatensaft.«

»Kommt sofort! Und der Freund?«

»Für mich bitte einen Whisky«, antwortete Quinn.

Parry nickte und stellte drei Gläser auf die Theke. Er öffnete die Tomatensaftflasche so unbeholfen, daß der Kronenkorken zu Boden fiel. Er murmelte einen Fluch, bückte sich und hob ihn auf. Quinn sah, daß seine Hände zitterten.

»Danke«, sagte Carole und nahm ihr Glas entgegen. Sie zögerte, bevor sie fragte: »Sind wir nur zu dritt? Leistet Adele uns nicht bei einem Drink Gesellschaft?«

Parry schenkte zuerst Quinns Glas voll. »Habe ich dir nicht gesagt, daß sie in Wood Lake ist? Ich hole sie anschließend in Blandford ab. Ihr Bus kommt um zwanzig nach acht. Nur noch einen Schluck Cognac, dann bin ich schon unterwegs!«

»Kommt noch jemand übers Wochenende?«

»Vielleicht Irene und Neil.« Parry schob Quinn das volle Glas zu. »Bitte sehr, alter Junge ... Und wenn ihr hungrig seid, bedient ihr euch doch hoffentlich selbst? Du weißt, wo alles ist, Carole. Irene und Neil können euch Gesellschaft leisten, wenn sie kommen.«

»Ißt du nichts mehr, bevor du losfährst?«

»Keine Zeit, liebes Kind. Ich muß in Blandford sein, bevor der Bus ankommt, sonst denkt mein Frauchen, ich hätte sie vergessen.« Er öffnete die Cognacflasche. »Wie spät ist es überhaupt schon?«

»Fünfundzwanzig vor acht«, antwortete Quinn. »Auf Ihr Wohl«, fügte er hinzu, als der andere sich einen winzigen Schluck Cognac einschenkte und das Glas an die Lippen hob.

»Gesundheit und langes Leben«, wünschte Parry ihm. Sie tranken sich zu. »Ich hoffe, daß Sie sich hier wie zu Hause fühlen werden.«

»Danke«, sagte Quinn, »ich werde mir Mühe geben.«

»Womit verdienen Sie Ihr Geld, alter Junge?« wollte Parry wissen. »Beim Fernsehen wie Carole?«

»Nein, ich bin Zeitungsreporter.«

»Tatsächlich? Bei welchem Blatt?«

»Bei der Morning Post.«

Parry stellte sein Glas weg und kam hinter der Theke hervor. »Das trifft sich gut, mein Freund. Ich schreibe auch – allerdings Romane.« Er zuckte mit den Schultern. »Wahrscheinlich haben Sie noch nichts von mir gelesen, denn mein Bestseller steht noch aus. Aber eines Tages ... wer weiß?«

»Ganz recht«, stimmte Quinn zu.

Parry ging zur Treppe, blieb noch einmal stehen und sagte: »Jetzt weiß ich auch, woher ich Ihren Namen kenne! Sie schreiben den Polizeibericht der Morning Post, nicht wahr?«

»Ja.«

»Darüber müssen wir noch sprechen. Ihre Artikel gefallen mir sehr. Aber vorläufig muß ich bitten, mich zu entschuldigen. Wenn ich mich verspäte, schlägt mein Frauchen Krach.«

Parry lief die Treppe hinauf und verschwand. Im ersten Stock fiel eine Tür ins Schloß.

Quinn sah zu Carole hinüber. »Finden Sie nicht auch, daß unser Gastgeber einen sitzen hat?«

»Ja, er hat wieder getrunken. Wenn Adele nicht zu Hause ist, verbringt er alle Nachmittage im Bird-in-Hand.« Carole schüttelte den Kopf. »Ich möchte wetten, daß er beschwipst nach Hause gekommen ist und sich noch etwas hingelegt hat, um einigermaßen normal zu wirken, wenn er Adele abholt.«

»Nur gut, daß wir ihn geweckt haben – sonst säße sie in Blandford fest.«

»Das wäre nicht das erstemal. Sie ist schon oft mit einem Taxi nach Hause gekommen, wenn sie in Wood Lake war.«

»Wo liegt das überhaupt?«

»Einige Meilen von Woking entfernt. Adele fährt mit dem Bus von Blandford nach Salisbury, steigt in den Zug nach Woking um und läßt sich von dort mit dem Auto abholen.«

»Ist das nicht ziemlich umständlich? Warum hat sie keinen eigenen Wagen, wenn die Parrys so reich sind, wie Sie sagen?«

Carole stellte ihr Glas ab. »Ich bin froh, daß Sie danach nicht in Adeles Gegenwart gefragt haben. Das wäre peinlich gewesen ... Sie ist nämlich früher selbst gefahren – aber dann hatte sie bei Chobham einen Unfall, bei dem ein Mann umgekommen ist. Adele hatte nicht die geringste Schuld daran, hat sich aber seitdem nicht wieder ans Steuer gesetzt.«

»Verständlich«, meinte Quinn. Er trank seinen Whisky aus. »Können wir jetzt eine Kleinigkeit essen?«

»Natürlich! Stört es Sie, wenn wir gleich in der Küche bleiben?«

»Meinetwegen essen wir in der Garage!« sagte Quinn.

Als Carole die Küchentür öffnete, kam Michael Parry die Treppe herab. Er winkte ihnen zu und rief: »Guten Appetit! Tut mir leid, ich hab's eilig!«

Während Carole den Tisch deckte, horchte Quinn nach draußen. Der Motor heulte auf, Kies spritzte, der Wagen schoß davon. Quinn schüttelte den Kopf. »Hoffentlich begegnet der gute Michael unterwegs nicht einem anderen Fahrer, der ähnlich fährt. Ist er schon einmal wegen Trunkenheit am Steuer verurteilt worden?«

»Nein, aber das hat er nur seinem Glück zuzuschreiben. Das passiert eines Tages noch – wenn er nicht vorher gegen einen Baum fährt. Möchten Sie kaltes Huhn oder Ochsenmaulsalat oder Schinkensandwiches?«

»Ja, bitte«, antwortete Quinn.

Carole lachte. »Und eine Flasche Bier?«

»Meinetwegen auch zwei!«

»Sie scheinen die Nachwirkungen der letzten Nacht inzwischen überwunden zu haben«, stellte Carole fest.

»Natürlich! Wenn ich trinke, bekomme ich Appetit, der mir wieder Durst macht, woraufhin ich weiteressen muß, was mich durstig macht, und so weiter. Ein wahrer Teufelskreis.«

»Ich habe noch nie einen Mann gekannt, der soviel Unsinn geredet hat«, behauptete Carole.

»Das glaube ich. Aber der Unterschied besteht darin, daß ich weiß, daß ich Unsinn rede.«

Carole nickte langsam. »Gut gesagt – aber darauf brauchen Sie sich nicht gleich etwas einzubilden. Essen Sie lieber etwas, damit Sie sich nicht überanstrengen.«

»Wer sind eigentlich diese anderen Leute, die noch kommen sollen?« fragte Quinn nach dem Essen.

»Sie gehören zur Familie – Irene und Neil Ford. Sie ist Adeles Schwägerin. Ihr Mann hat einen Laden in Ringwood – etwa dreißig Meilen von hier. Sie kommen alle vier, fünf Wochen einmal.«

»Wie sind die beiden?«

»Nicht gerade sympathisch. Sie ist eine dieser pessimistisch eingestellten Frauen, die es fertigbringen, einen durch ihre bloße Gegenwart mißmutig und niedergeschlagen zu machen.«

»Das klingt ja vielversprechend. Ist er der gleiche Typ?«

»Nein, im Vergleich zu ihr ist er recht lebhaft. Aber mir gefällt es nicht, wie er mich oft anstarrt. Ich fürchte, daß er sich eines Tages zu etwas hinreißen läßt, das für alle Beteiligten unangenehm werden kann.« Carole begann das Geschirr abzuräumen. »Dieses Wochenende ist er natürlich ungefährlich, weil er glauben muß, Sie seien gut mit mir befreundet.«

»Und wir wissen beide, daß das nicht stimmt«, wandte Quinn ein.

Carole nickte. »Wie könnte es anders sein? Eine Freundschaft ist wie guter Wein – sie muß erst reifen.«

Quinn wäre am liebsten aufgestanden und weggelaufen. So war er noch nie behandelt worden: abwechselnd freundlich und abweisend. Das konnte er sich nicht lange bieten lassen. Hätte er die nächste Bushaltestelle in erreichbarer Nähe gehabt, wäre er sofort abgefahren. Aber wenn er daran dachte, daß er riskierte, als Trottel dazustehen, wenn er ins Dorf lief und dort erfuhr, daß von hier aus kein Bus nach Blandford verkehrte, kam diese Möglichkeit nicht ernstlich in Betracht.

Er ahnte, daß Carole sich weigern würde, ihn mit ihrem Auto nach Blandford zu fahren. Sie würde ihn auch nicht dazu überreden, in Elm Lodge zu bleiben. Er mußte selbst entscheiden, was er wollte – und würde sich auf jeden Fall lächerlich vorkommen. Er hätte ihre Einladung nie annehmen dürfen. Wenn Quinn gewußt hätte, daß sie ihn nur mitgenommen hatte, um vor einem anderen Mann sicher zu sein . . .

»Ich möchte Ihnen nichts vormachen«, fuhr Carole fort. »Eine Freundschaft zwischen uns müßte sich allmählich ergeben. Ob es überhaupt dazu kommen wird, läßt sich nach so kurzer Bekanntschaft noch nicht sagen.«

»Man muß auch für Kleinigkeiten dankbar sein«, meinte Quinn. »Auch für Mr. Neil Ford und seine frechen Blicke. Ihnen verdanke ich schließlich die Einladung in dieses Landhaus.«

Carole warf ihm einen eisigen Blick zu. »Sie benehmen sich wie ein verzogenes Kind. Ich habe Sie nicht eingeladen, damit Sie über meine Tugend wachen. Adele ist in Ordnung – ihretwegen komme ich schließlich –, aber die anderen können todlangweilig sein. Ich habe Sie nur eingeladen, weil ich Sie für amüsanter hielt.«

»Vielen Dank«, warf Quinn ein.

»Sie wissen genau, was ich meine! Ich denke nicht daran, Ihnen Komplimente zu machen, nur weil Sie an einem Minderwertigkeitskomplex leiden. Ich mag Sie so gern, wie man jemand mögen kann, den man erst ein paar Stunden lang kennt.«

»Friß oder stirb«, murmelte Quinn.

»Ja.« Sie zuckte mit den Schultern. »Wofür entscheiden Sie sich also?«

»Ich bleibe«, antwortete Quinn. »Ich habe nichts zu verlieren, wenn ich ...«

Die Türklingel schrillte.

»Das sind die Fords«, sagte Carole. »Lassen Sie sich ja nicht anmerken, wie hereingelegt Sie sich fühlen!«

»Wer benimmt sich jetzt wie ein verzogenes Kind?« wollte Quinn wissen. »Sie werden es nicht glauben – aber ich bin gern hier!«

»Dann müssen Sie auch das entsprechende Gesicht machen«, riet Carole ihm, während sie zur Tür ging.

Die Fords entsprachen nicht ganz Quinns Erwartungen. Neil Ford war ein rundlicher Mann mit grauem Haar, grauen Augen und rosa Teint. Er hatte weiche Hände und einen weibischen Mund. Anscheinend verbrachte er den größten Teil seiner Freizeit in geschlossenen Räumen.

Irene Ford war blond, mager, farblos. Sie wirkte zurückhaltend und schien sehr darauf bedacht zu sein, nicht in den Vordergrund zu treten. Sie lächelte nervös, während Quinn ihr vorgestellt wurde. Danach saß sie in einem Sessel, achtete sorgfältig darauf, daß ihr Rock nicht hochrutschte, und sagte: »Du meine Güte, der Verkehr wird von Tag zu Tag schlimmer! Scheußlich, nicht wahr? Die Fahrt lohnt sich fast nicht mehr, wenn man ...«

»Du kommst gern hierher«, unterbrach Ford sie. »Dir wäre es auch egal, wenn die Fahrt doppelt so lange dauern würde.«

»Ja, natürlich. Ich meine nur ...« Sie sah nervös zu Quinn hinüber, während sie überlegte, was sie eigentlich meinte. »Nun, das ist eine Abwechslung, nicht wahr?«

»Gewiß«, stimmte Quinn höflich zu und fragte sich, ob sie merkte, wie ihr Mann Carole anstarrte. Vielleicht wußte sie nichts davon – oder wollte nichts wissen. Vielleicht hatte sie längst gemerkt, daß daran nichts zu ändern war?

»Seid ihr hungrig?« hörte er Carole fragen. »Dann hat es nämlich keinen Zweck, auf Adele zu warten. Mr. Quinn und ich haben schon etwas gegessen.«

Irene zog die Augenbrauen hoch. »Weißt du, daß mir erst eben aufgefallen ist, daß sie und Michael nicht hier sind? Ist das nicht seltsam?«

»Nein«, sagte Neil Ford. »Du bist in Gedanken immer woanders.« Er sah zu Carole hinüber. »Ist Michael weggefahren, um sie abzuholen?«

»Ja. Er müßte bald zurückkommen, in ungefähr einer Viertelstunde, wenn der Bus keine Verspätung gehabt hat.«

Irene stand auf. »Ich gehe schon voraus. Holst du noch die Sachen aus dem Auto . . . Liebling?«

»Natürlich, Liebling«, antwortete Neil.

»Ein glückliches Paar«, meinte Quinn, als beide den Raum verlassen hatten.

Carole zuckte mit den Schultern. »Die beiden haben sich gestritten. Das merke ich ihnen an. Er benimmt sich unmöglich, und sie sagt Liebling zu ihm.« Sie lächelte bedauernd. »Ich hätte Sie nicht in diese Sache hineinziehen dürfen. Hätte ich gewußt, daß die Situation so gespannt sein würde, hätte ich Sie lieber nicht mitgenommen. Wahrscheinlich haben Sie auf diese Weise nicht viel von Ihrem Wochenende.«

»Keine Angst, ich will nicht plötzlich das Eintrittsgeld zurück«, beruhigte Quinn sie.

»Nein, aber Sie müssen glauben, in einen verrückten Haushalt geraten zu sein. Adele ist bei unserer Ankunft nicht hier; sobald wir aufkreuzen, fährt Michael weg und läßt uns allein; dann lernen Sie Neil und Irene kennen. Das ist kein guter Anfang.«

»Sonne, gutes Essen, genug zu trinken«, zählte Quinn auf. »Worüber sollte ich mich beschweren, wenn außerdem Sie hier sind?«

Carole trat auf ihn zu und sah ihm in die Augen. Dann lächelte sie. »Doch, ich glaube allmählich, daß Sie nett sind«, sagte sie, bückte sich und küßte ihn flüchtig auf die Wange.

Neil Ford kam mit einem Koffer und seinem Regenmantel zurück. »Ich brauche erst einen Drink, bevor ich die Sachen nach oben bringe.«

»Ich schenke dir einen ein«, bot Carole ihm an. »Was möchtest du trinken?«

»Am liebsten einen trockenen Sherry«, antwortete Ford. Als Carole ihm das Glas gab, lehnte er sich so auf die Bar, daß er Quinn den Rücken zukehrte. Das konnte unbeabsichtigt sein, aber Quinn glaubte es nicht.

Ford trank seinen Sherry, murmelte Carole etwas zu, lachte wie über einen Witz und ging mit seinem Koffer nach oben. Carole sah zu Quinn hinüber und lächelte beschwichtigend. »Ich kann mir vorstellen, was Sie denken. Aber ich möchte Ihnen den guten Rat geben, sich nichts anmerken zu lassen. Er freut sich nämlich, wenn er andere Leute gegen sich aufbringen kann – um selbst größer zu wirken.«

»Zum Beispiel in Ihren Augen?«

»Neil Ford interessiert mich nicht«, erwiderte Carole gelassen.

»Um so besser, nicht wahr? Schließlich ist er verheiratet.«

»Wenn Sie so weitermachen, langweilen Sie mich«, antwortete Carole, »und das kann ich nicht ertragen. Damit Sie's genau wissen: Neil Ford ist ein Typ, den ich weder verheiratet noch ledig ausstehen kann.«

»Vielleicht bekomme ich noch heraus, welchen Typ Sie eigentlich mögen«, meinte Quinn. »Warum hat er . . .«

Bevor er aussprechen konnte, klingelte das Telefon. Im gleichen Augenblick kam Ford die Treppe herab. »Ich gehe hin«, sagte er hastig. »Vielleicht ist der Anruf für mich.«

Das Telefon stand auf der anderen Seite des Raumteilers. Quinn beobachtete, wie Ford nach dem Hörer griff.

»Ja?« fragte Ford. »Ja . . . oh, hallo, wo bist du . . . hier ist Neil.«

Quinn sah aus dem Fenster und merkte erst jetzt, daß von Süden her eine dunkle Gewitterwand aufzog.

»Das wird ein Sturm«, sagte Carole, die ebenfalls hinausgesehen hatte.

»Für heute abend war ein Gewitter vorhergesagt«, stimmte Quinn zu, als die Ulmen sich unter einem plötzlichen Windstoß bogen. »Ein bißchen Regen könnte nicht schaden.«

». . . nein, meines Wissens nicht«, antwortete Ford eben. »Ich bin davon überzeugt, daß Carole es sonst erwähnt hätte. Vielleicht hast du dich in der Zeit geirrt, halt, du brauchst nicht gleich wütend zu werden! Das war nur eine Idee. Wenn du mich fragst, ist es zwecklos, noch länger zu warten. Okay, okay, du kannst tun, was dir Spaß macht. Ich halte dich von nichts ab, ja, ich sage es den anderen, aber wie sollen wir – gut, wie du willst, auf Wiedersehen und bleib nüchtern.«

Ford legte auf und sah aus dem Fenster. »Sieht beinahe unheimlich aus, was? Das gibt einen Wolkenbruch!«

»War Michael am Apparat?« fragte Carole.

»Ja.«

»Was hat er gesagt?«

»Daß er etwas später zurückkommen wird. Adele ist nicht mit dem Bus angekommen. Wahrscheinlich hat sie ihn verpaßt, weil ihr Zug Verspätung hatte. Michael will den nächsten Bus in Blandford abwarten – er kommt um kurz nach neun an.«

Carole sah auf ihre Uhr. »Bis dahin muß er noch lange warten. Ich hätte gedacht, daß Adele anrufen würde, wenn sie den Bus verpaßt. Sie muß doch gewußt haben, daß Michael hinfahren würde.«

»Wahrscheinlich ist es ihr gleichgültig, ob er warten muß oder nicht«, meinte Ford. »Vielleicht will sie überhaupt nicht zurückkommen.« Er sah herausfordernd zu Quinn hinüber. »Was halten Sie als Außenseiter davon?«

»Als Außenseiter geht mich das nichts an«, erwiderte Quinn gelassen.

»Wirklich nicht? Ich dachte, Sie hätten den richtigen Beruf, um sich um alles zu kümmern«

»Dann haben Sie eben falsch gedacht. Was wissen Sie übrigens von meinem Beruf?«

»Ich weiß nur, daß Sie Reporter sind, aber . . .«

»Hört jetzt auf!« unterbrach Carole ihn. »Das ist nicht mehr lustig.«

»Ich finde es bestimmt nicht lustig«, versicherte Quinn ihr. »Ich habe nicht damit angefangen. Er hat mich von Anfang an nicht ausstehen können. Ich weiß nicht, was er gegen mich hat.«

»Ich finde nur, daß Carole sehr merkwürdige Freunde zu haben scheint«, antwortete Neil Ford.

»Und ich finde, daß Mrs. Parrys Verwandte noch schlimmer sind«, behauptete Quinn.

Carole trat zwischen die beiden. »Halt! Ihr werdet beide wegen Tiefschlags disqualifiziert!« rief sie wütend.

»Ich wollte mich nicht mit ihm streiten«, stellte Quinn fest. »Da ich hier unerwünscht zu sein scheine, wäre ich Ihnen dankbar, wenn Sie mich zur nächsten Bushaltestelle fahren würden, um . . .«

»Kommt nicht in Frage! Dieses Haus gehört Adele, und wer mit mir hierher kommt, wird als Adeles Gast behandelt. Sie bleiben hier!« Carole wandte sich an Ford. »Was ist in dich gefahren? Warum führst du dich so auf?«

Neil Ford zuckte mit den Schultern. »Ich kann Reporter einfach nicht ausstehen«, antwortete er.

»Das ist ein Pauschalurteil«, warf Quinn ein. »Haben Sie einen besonderen Grund dafür, alle Reporter in den gleichen Topf zu werfen und alle zu hassen?«

»Ich habe vor einiger Zeit schlechte Erfahrungen mit der Berichterstattung unserer Lokalpresse gemacht«, antwortete Ford, »und das genügt mir!«

»Ich habe nichts mit der Lokalpresse zu tun. Ich bin Kriminalreporter einer großen Tageszeitung. Wenn Sie nichts verbrochen haben, bekommen wir nie miteinander zu tun.«

»Freut mich«, meinte der Dicke ironisch.

»Vielleicht freut es Sie noch mehr, daß ich heute einen zweiwöchigen Urlaub angetreten habe«, fuhr Quinn fort. »Da ich nicht für die Klatschspalte schreibe, interessieren Ihre Familie und Ihre Freunde mich nicht im geringsten.«

»Das genügt vorläufig!« entschied Carole.

Die beiden Männer starrten sich an. Quinn bedauerte es, gleich heftig geworden zu sein. Neil Ford murmelte etwas, das wie eine Entschuldigung klang. Aber die instinktive Antipathie zwischen den beiden war dadurch nicht beseitigt, sondern nur in den Hintergrund gedrängt worden. Sie konnte bei nächster Gelegenheit wieder ausbrechen.

Quinn wußte nicht, weshalb Ford ihn nicht ausstehen konnte; er bildete sich ein, ihm dazu keinen Grund gegeben zu haben.

Vielleicht hatte Ford wirklich schlechte Erfahrungen mit irgendwelchen Reportern gemacht. Aber vielleicht war das nur eine Ausrede. Am besten, er ging Ford aus dem Weg. Hoffentlich gelang es ihm . . .

Quinns Gedankengang wurde unterbrochen, als es an der Haustür klingelte. Carole sah fragend zu Ford hinüber. »Wer kann das sein? Hast du ein Auto gehört?«

»Nein. Michael und Adele können noch nicht zurück sein.«

»Außerdem würden sie nicht klingeln, weil beide einen Schlüssel haben.« Carole ging zur Tür und öffnete sie. »Oh, Sie sind's! Kommen Sie doch herein! Wie geht's?« Sie war durchaus höflich, aber man merkte ihr an, daß sie sich dazu zwingen mußte.

Quinn sah eine untersetzte Frau mit scharfen Gesichtszügen und lebhaften braunen Augen an der Tür stehen. Sie trug ihr Haar so kurz, als schneide sie es selbst ab, und sprach mit überraschend tiefer Stimme. Sie lächelte, als Quinn ihr vorgestellt wurde. »Kennen wir uns nicht zufällig?«

»Nein«, antwortete er, »ich bin zum erstenmal hier.«

»Ja, das habe ich mir gedacht. Ich habe ein gutes Gedächtnis für Gesichter, wissen Sie. Namen vergesse ich sofort wieder, aber Gesichter – das liegt bei uns in der Familie.« Sie machte eine kurze Pause. »Ich stamme überhaupt aus einer verrückten Familie«, fuhr sie lachend fort. »Ich habe es meinen Eltern nie verziehen, daß sie mich Ariadne getauft haben. Können Sie sich vorstellen, was ich in der Schule auszuhalten hatte?« Sie legte den Kopf schief. »Sie wissen doch, wer Ariadne war?«

»Die Tochter Minos', des Königs von Kreta«, antwortete Quinn prompt.

»Oh!« Sie starrte ihn an. »Wer hätte das gedacht? Ein kluger Kopf!« Sie sah beifallheischend zu Carole und Ford hinüber, bevor sie Quinn erklärte: »Aber Sie dürfen mich nicht mit der gleichnamigen Dame verwechseln. Mein Vater war ein gewisser George Wilkinson, Teeimporteur in der Mincing Lane. Ein kleiner Geschäftsmann.« Nach einer kurzen Pause fuhr sie fort: »Hoffentlich störe ich nicht! Ich bin nur herübergekommen, weil Adele versprochen hatte, mir etwas zu leihen. Wahrscheinlich werde ich auf dem Nachhauseweg klatschnaß.«

»Wenn es regnet, fahre ich Sie nach Hause«, bot Carole ihr an.

»Oh, das ist aber nett!« Miss Wilkinson sah sich um. »Wo sind die beiden übrigens?« wollte sie dann wissen. »Michael und Adele, meine ich.«

Neil Ford mischte sich zum erstenmal in die Unterhaltung ein. »Sie hat den Bus in Salisbury verpaßt. Michael wartet auf den nächsten.«

»Wirklich? Adele hat eigentlich noch nie einen Bus verpaßt. Wo ist sie denn gewesen?«

»Wood Lake.«

»Merkwürdig, der Zug kommt doch normalerweise lange vor Abfahrt des Busses an!«

»Sie kann auch den Zug verpaßt haben«, warf Carole ein. »Wir wissen nur, daß sie nicht mit dem gewohnten Bus angekommen ist.«

»Dann hätte sie doch anrufen können, nicht wahr? Es sei denn ...« Miss Wilkinson sprach nicht weiter.

»Es sei denn?« wollte Ford wissen.

Ariadne schüttelte den Kopf. »Warum fragen Sie so scharf, mein Lieber?«

»Ich habe nicht scharf gefragt. Aber ich finde es unsinnig, ein großes Geheimnis daraus zu machen, falls Sie einen Grund wissen, weshalb Adele nicht wie gewöhnlich nach Hause kommen sollte.«

»Woher sollte ich das wissen?« erkundigte Miss Wilkinson sich. »Ich habe nicht einmal gewußt, daß sie in Wood Lake war.«

»Jetzt weichen Sie mir aus«, behauptete Ford.

»Reden Sie keinen Unsinn! Dafür könnte es ein halbes Dutzend Gründe geben. Vielleicht hat sie Streit mit Michael gehabt. Vielleicht will sie ihn eine Weile sitzenlassen.«

»Lächerlich!« widersprach Neil Ford.

»Vielleicht haben Sie recht. Ich kann Adeles Reaktion nicht beurteilen. Ich bin nie verheiratet gewesen.«

»Woher wissen Sie, daß die beiden Streit hatten?«

»Wer redet jetzt Unsinn? Streiten nicht alle Verheirateten? Dazu kommt es doch logischerweise, wenn ein Mann und eine Frau jahrelang im gleichen Haus zusammenleben sollen.«

»Nur gut, daß wir Sie genau kennen, um Sie nicht ernst zu nehmen«, sagte Carole irritiert. Sie stand auf, ging zur Tür und machte Licht. Quinn sah Ariadne Wilkinson zufrieden lächeln.

Im ersten Stock waren Irene Fords Schritte zu hören. Ihre Absätze klapperten zuerst auf dem Parkett; dann dämpfte ein Teppich ihre Schritte. Sie drehte einen Wasserhahn auf, drehte ihn fast augenblicklich wieder zu und ließ das Wasser dann nochmals laufen. Etwas klapperte im Waschbecken. Die Geräusche waren so deutlich, daß Mrs. Ford die Tür zum Bad offengelassen haben mußte.

»Jetzt ist mir wohler«, sagte Carole, als die Deckenbeleuchtung brannte. »Ein heraufziehendes Gewitter ist mir immer unheimlich. Ich finde schon das Wetterleuchten dort draußen gräßlich.«

»Mir gefällt nichts besser als ein Gewitter«, behauptete Ariadne. »Ich fühle mich am wohlsten, wenn es richtig blitzt und donnert. Ob das daher kommt, daß ich das siebte Kind eines siebten Kindes bin?« Sie sah zu Quinn hinüber. »Wissen Sie, ich denke oft, daß ich dreihundert Jahre zu spät auf die Welt gekommen bin. Ich hätte eine gute Hexe abgegeben . . .«

Sie schwatzte weiter und sah dabei von einem zum anderen, um zu erkennen, wie sie auf ihre krampfhaft witzigen Bemerkungen reagierten. Quinn hörte kaum zu und murmelte nur gelegentlich etwas Zustimmendes. Neil Ford beteiligte sich nicht an der Unterhaltung. Carole war so zurückhaltend wie Quinn.

Nach einiger Zeit konnte Neil Ford nicht mehr stillsitzen. Er stand auf, sah aus dem Fenster, warf einen nervösen Blick auf seine Uhr und trat schließlich an die Hausbar, um sich einen Sherry einzuschenken. Als er das Glas nach dem ersten Schluck wieder abstellte, fragte Carole ihn: »Bist du nicht hungrig?«

»Nein«, antwortete er, »wir haben heute ziemlich spät gegessen. Ich warte lieber, bis Irene herunterkommt – obwohl das noch lange dauern kann. Sie braucht immer eine Ewigkeit, um sich ein bißchen herzurichten.«

»Oh, ich hatte Ihre Frau ganz vergessen!« sagte Miss Wilkinson. »Sie ist natürlich auch hier, nicht wahr? Wie konnte ich nur Irene . . .« Sie sprach nicht weiter, sondern hob warnend den

Zeigefinger. »Kommt da nicht ein Auto? Anscheinend habe ich mich doch getäuscht. Adele muß mit dem zweiten Bus gekommen sein, und Michael bringt sein Frauchen jetzt nach Hause.«

Quinn sah die Autoscheinwerfer herankommen. Das konnte nicht Michael Parrys Wagen sein – oder der Bus war etwas früher angekommen, und Parry war wie ein Verrückter gefahren. Daß seine Frau sich überhaupt zu ihm ins Auto setzte! Sie mußte doch merken, in welchem Zustand er sich wieder einmal befand...

»Ich hoffe nur, daß Adele weiß, warum ich hier bin«, fuhr Ariadne fort. »Ich hab's nämlich völlig vergessen!« Sie runzelte die Stirn. »Das kann unmöglich Adele sein«, stellte sie mit einem Blick auf ihre Uhr fest. »Der zweite Bus ist eben erst angekommen.«

Der Wagen hielt vor dem Haus. Quinn stellte fest, daß das Auto nicht Parrys Rover war. Ein Mann stieg aus, sah zum Himmel auf und lief zur Haustür. Im gleichen Augenblick fielen die ersten schweren Tropfen. Als der Besucher klingelte, setzte wolkenbruchartiger Regen ein.

»Aha!« sagte Miss Wilkinson. »Also doch nicht Michael! Das ist Doktor Bossards Wagen. Ist jemand krank ... oder macht er nur einen Besuch bei Freunden?«

»Ich bin froh, daß es doch etwas gibt, das Sie nicht wissen«, stellte Carole fest. »Ich dachte schon ...«

»Das hat Zeit bis später«, unterbrach Ariadne sie. »Der arme Doktor Bossard wird patschnaß, wenn Sie ihn nicht bald hereinlassen.«

Carole war bereits an der Tür. »Guten Abend, Doktor«, begrüßte sie den Mann. »Sie haben gerade noch Glück gehabt! Schrecklich, nicht wahr?«

»Ja«, stimmte der Arzt zu, »aber die Farmer können zufrieden sein – wenn sie das je sind ...«

Dr. Bossard war ein schlanker, großgewachsener Mann Mitte Vierzig; er sah gut aus, trat selbstbewußt auf und wirkte trotzdem nicht eingebildet. Er schüttelte Quinn lächelnd die Hand und nickte Neil Ford zu. »Freut mich, Sie wieder einmal zu sehen. Und wie geht's Ihrer Frau?«

»Sagen Sie ihm das lieber nicht, sonst schickt er Ihnen am Monatsende eine Rechnung!« warf Ariadne Wilkinson ein.

Bossard erwiderte Quinns Grinsen. »Einer der Nachteile meines Berufs ist es, daß ich mir immer wieder die gleichen Witze anhören muß«, erklärte er ihm. »Geht es Ihnen etwa ähnlich?«

»Nein, zum Glück nicht«, antwortete Quinn. »Ich bin Reporter der Morning Post, und über Journalisten gibt es weniger Witze.«

»Endlich etwas Neues!« meinte der Arzt. »In Castle Lammering sind schon alle möglichen Leute gewesen, aber Sie sind der erste Reporter, den ich hier treffe.« Er lächelte Carole zu. »Das stimmt doch, nicht wahr?«

»Na, wer hätte das gedacht?« warf Miss Wilkinson ein. »Wir haben einen echten Journalisten unter uns. Sie und Michael Parry werden sich bestimmt gut unterhalten. Er ist nämlich auch Schriftsteller, wissen Sie. Bisher hat er zwar noch nichts veröffentlicht, aber er arbeitet fleißig an einem Buch. Ich möchte wetten, daß er uns eines Tages alle verblüffen wird.«

Der Regen hatte etwas nachgelassen. Quinn sah nach draußen. Das Gewitter schien an Castle Lammering vorbeizuziehen.

»Mr. Parry und ich haben nicht viel gemeinsam«, stellte Quinn fest. »Ich glaube nicht, daß ich ein Buch schreiben könnte. Andererseits bezweifle ich auch, ob er meine Arbeit tun könnte.«

Ariadne Wilkinson lachte. »Die erste Behauptung zeigt Ihre Bescheidenheit, und an der zweiten kann kein Zweifel bestehen.« Sie wandte sich an Bossard. »Sind Sie privat oder beruflich gekommen, Doktor?«

»Oh, privat, ich hoffe es wenigstens. Mrs. Parry hat mich für heute abend eingeladen.«

»Aber sie ist nicht hier. Ich wollte sie kurz sprechen, sie ist noch nicht zurück.«

»Ich wußte nicht, daß sie fort war«, sagte Bossard.

»Doch, sie sollte um zehn nach acht in Blandford ankommen, aber anscheinend ...«

Das Telefon klingelte.

»Ich gehe gleich hin«, meinte Neil Ford hastig. »Vielleicht ruft Adele an, um ...«

Er griff nach dem Hörer. Dr. Bossard stand mit Carole Stewart am Fenster und sprach halblaut auf sie ein. Miss Wilkinson beobachtete die beiden gespannt. Quinn litt wieder unter dem unangenehmen Gefühl, nicht hierher zu gehören.

»Hallo?« sagte Neil Ford. »Nein, noch nicht, wir haben nichts von ihr gehört, ja, ganz recht. Sehr merkwürdig. Hast du mit dem Busfahrer gesprochen? Vielleicht hat er zufällig ...« Er hörte längere Zeit zu. »Ich weiß auch nicht, was ich dir raten soll, ja, natürlich machst du dir Sorgen. Am besten kommst du hierher zurück. Es hat schließlich keinen Zweck, in Blandford herumzuhocken. Wenn du willst, rufe ich in Wood Lake an und frage ...« Sein Gesichtsausdruck veränderte sich. »Du kannst natürlich selbst anrufen«, meinte er beleidigt. »Ich wollte dir nur die Mühe abnehmen. Nein, was sollte nicht in Ordnung sein? Alles ist bestimmt ganz harmlos. Vielleicht hat sie jemand gebeten, uns anzurufen, und das ist versehentlich unterblieben. Okay, bis bald.«

Ford legte auf, sah zu Carole hinüber und zuckte mit den Schultern. »Adele war auch nicht im zweiten Bus. Michael ist ziemlich aufgeregt. Er bildet sich alles Mögliche ein.« Er wandte sich an Bossard. »Hatten Sie den Eindruck, daß meine Schwägerin erst spät zurückkommen wollte, als sie Sie eingeladen hat, Doktor?«

»Nein«, antwortete der Arzt. »Ich wußte gar nicht, daß sie wegfahren wollte.«

Carole schwieg. Sie sah Bossard nach, als er sich setzte.

Ariadne Wilkinson trat näher an Quinn heran und murmelte: »Vielleicht ist das eine Story für Sie. ›Reiche und schöne Frau verschwunden‹. Wäre das nichts?«

»Sie unterschätzen den Nachrichtenwert dieser Sache«, erklärte Quinn ihr. »Leute sind nicht gleich verschwunden, nur weil sie ein bißchen später als geplant nach Hause kommen. Vielleicht hat ihr Mann sich geirrt, und sie wollte erst morgen zurückkommen. Das hat es alles schon gegeben.«

»Besonders bei Michael Parry«, stimmte Miss Wilkinson zu. »War er vorhin wieder angetrunken?« fragte sie leise und mit Verschwörermiene.

»Durchaus nicht«, wehrte Quinn ab. »Mr. Parry war sehr nett, sehr gastfreundlich. Wir haben nur ein paar Minuten miteinander gesprochen, aber in dieser Zeit hatte ich einen sehr guten Eindruck von ihm. Ich finde ihn sympathisch.«

»Das freut mich«, warf Carole ein.

Ihr Blick erinnerte Quinn an vorhin, als sie ihn flüchtig geküßt hatte. Aber das bedeutete nicht viel, wenn es überhaupt etwas bedeutete. Er konnte nicht hoffen, mit einem Mann wie Dr. Bossard konkurrieren zu können.

Er sieht gut aus, ist elegant angezogen, hat eine erstklassige Erziehung gehabt und scheint wohlhabend zu sein, dachte Quinn. Was bleibt da zu wünschen übrig? Vorhin hat er versucht, mit Carole zu sprechen, als Ford telefoniert hat – aber sie hat kaum geantwortet. Merkwürdig. Wie lange die beiden sich wohl schon kennen? Er scheint recht nett zu sein – nicht so unausgeglichen wie Parry, so streitsüchtig wie Neil Ford oder so unsympathisch wie diese Miss Wilkinson.

Quinn hörte Bossard sagen, unter diesen Umständen sei es wohl besser, wenn er wieder nach Hause fahre. Vielleicht könne ihn jemand am nächsten Tag anrufen, um ihm zu sagen, ob sich alles in Wohlgefallen aufgelöst habe. Obwohl der Arzt dabei niemanden ansah, wußte Quinn ganz sicher, daß er Carole meinte. Er war offenbar nur ihretwegen hergekommen.

Aber sie scheint sich nichts aus ihm zu machen, überlegte Quinn sich. Warum eigentlich nicht? Er sieht gut aus, ist nett und hat anscheinend Geld – aber er könnte natürlich verheiratet sein. Ob sie das stören würde? Sie hat schließlich zugegeben, daß sie früher mit einem Mann zusammengelebt hat. Vielleicht will sie Bossard nur ein bißchen zappeln lassen. Diese Masche ist oft erstaunlich wirksam. Er scheint tatsächlich in sie verknallt zu sein. Was er wohl sagen würde, wenn er wüßte, daß meine Unterwäsche, die Socken und das Hemd, das ich jetzt trage, einem Mann gehören, mit dem Carole zusammengelebt hat, bis er eines Tages verschwand, ohne seine Sachen mitzunehmen.

Bossard hatte noch gezögert, als hoffe er, jemand werde ihn zum Bleiben auffordern. Aber Neil Ford nickte nur, und Carole sah auf ihre gefalteten Hände hinab.

Der Arzt stand auf, sah lächelnd zu Miss Wilkinson hinüber und fragte: »Soll ich Sie nach Hause bringen?«

»Oh, das ist sehr freundlich von Ihnen«, sagte Ariadne, »aber Miss Stewart hat mir schon angeboten, mich nach Hause zu fahren, und ich wollte ...«

»Machen Sie sich deswegen nur keine Sorgen«, unterbrach Carole sie. »Wenn Doktor Bossard in die gleiche Richtung muß ...«

»Ich bringe Miss Wilkinson gern nach Hause«, stellte der Arzt fest.

»Danke, das ist sehr nett von Ihnen«, antwortete sie, ohne den Versuch zu machen, ihre Enttäuschung zu verbergen. Sie warf Quinn einen spöttischen Blick zu. »Sehen Sie, was passiert, wenn man älter wird und nirgends mehr erwünscht ist? Aber ich bin Doktor Bossard natürlich trotzdem dankbar, weil er ...«

Irgendwo im ersten Stock kreischte eine Frau so laut und entsetzt, daß selbst Miss Wilkinson unwillkürlich schwieg. Sie erstarrte mit offenem Mund zur Bewegungslosigkeit. Auch die anderen standen wie gelähmt, bis Neil Ford heiser fragte: »He, was war das?«

Oben erklangen hastige Schritte. Quinn sah Irene Ford an der Treppe auftauchen. Sie starrte mit weit aufgerissenen Augen zu ihnen hinab und war völlig außer Atem.

»Mein Gott ... o mein Gott!« stieß sie hervor. »Adele! Sie liegt im Kinderzimmer. Bitte helft ihr ... bitte ...«

Dr. Bossard lief zur Treppe. »Ich komme schon!« rief er Mrs. Ford zu. »Bleiben Sie, wo Sie sind!«

Sie schien ihn nicht mehr zu hören. Bevor er die unterste Stufe erreichte, begann sie zu schwanken. Dann gaben ihre Knie nach, und sie brach dicht vor der Treppe zusammen.

4

Quinn blieb Bossard und Ford dicht auf den Fersen, als sie in den ersten Stock hinaufeilten. Während die beiden sich um Mrs. Ford kümmerten, ging er den Flur entlang weiter.

Die beiden ersten Türen führten in Schlafzimmer. In einem brannte Licht, und Quinn sah einen Koffer auf dem Bett liegen. Neil Fords Koffer.

Das nächste Zimmer war größer, enthielt ein breites Doppelbett und war eleganter möbliert. Eine Hälfte des Betts sah benützt aus. Von der anderen war die Decke abgezogen und achtlos auf den Boden geworfen worden.

Die nächste Tür führte in ein luxuriöses Bad. Dann kam ein anderer Raum, dessen Tür weit offenstand. Auch dort brannte Licht.

Quinn blieb auf der Schwelle dieses Zimmers stehen. Die Wände waren mit Märchenszenen bemalt. Er sah einen Laufstall, ein Schaukelpferd, Spielzeug und bunte Kindermöbel. Nur das Bett hinter der Tür hatte normale Größe.

Auf diesem Bett lag die schönste Frau, die Quinn je gesehen hatte: eine rothaarige Schönheit, die dort zu schlafen schien. Sie war vollständig bekleidet; nur ihre Schuhe standen am Fußende des Bettes auf dem Teppich. Quinn widerstrebte es, sich zu bewegen oder etwas zu sagen, weil sie davon hätte aufwachen können. Er hatte das Gefühl, sie werde ewig so liegenbleiben, wenn er sie nicht störe – wie Schneewittchen.

Quinn hörte Neil Ford und Dr. Bossard sprechen. Ariadne Wilkinson fragte von unten her, ob sie helfen könne. Aber Carole wehrte ab: »Nein, wir brauchen keine Hilfe. Bleiben Sie nur, wo Sie sind. Wir kommen ganz gut zurecht.« Dann fügte sie leiser hinzu: »Adele braucht anscheinend auch Hilfe, Geoffrey. Ich bleibe mit Mr. Ford bei seiner Frau.«

Geoffrey ... Geoffrey ... Quinn dachte über diesen Namen nach. Ob er ihn mit G oder J schreibt? Ist das überhaupt wichtig? Die beiden haben sich benommen, als seien sie nur flüchtig miteinander bekannt – doch in der Aufregung hat Carole sich verraten ...

Aber das war unwichtig. Im Augenblick war nur die Frau wichtig, die in diesem Kinderzimmer auf dem Bett lag. Ihre Augen waren geschlossen, die Lippen leicht geöffnet. Quinn wußte nicht, ob sie lebte oder tot war. Er trat vorsichtig an das Bett und berührte ihre Hand. Sie war kühl, aber nicht kalt.

Dann verflog plötzlich die Illusion, und Quinn sah die eingesunkenen Wangen, den herabsinkenden Unterkiefer und die beginnende Verfärbung um Nase und Mund. Ihm wurde klar, daß er keine Schlafende, sondern eine Tote vor sich hatte. Aber seine Täuschung war begreiflich, weil keine Verletzungen zu erkennen waren: nichts als das Siegel des Todes auf ihrem Gesicht.

Quinn trat vom Bett zurück, als er Schritte im Flur hörte. Dr. Bossard kam herein. Er starrte die Tote an und schüttelte den Kopf. »Verdammt merkwürdig«, murmelte er dabei. »Das begreife ich nicht!«

»Jedenfalls ist sie tot«, stellte Quinn fest. »Woran sie gestorben ist, müßten Sie herausbekommen können. Sie hat keine äußeren Verletzungen erlitten.«

»Das stellt sich noch heraus.« Dr. Bossard beugte sich über die Tote, zog ihr linkes Augenlid hoch und leuchtete mit einer kleinen Taschenlampe in ihre Pupille. »Das muß sich erst herausstellen.« Er roch an ihrem Mund, murmelte etwas vor sich hin und benützte nochmals seine Taschenlampe. Dann schüttelte er den Kopf.

Quinn wandte sich ab und starrte den Nachttisch an. Vielleicht war die Antwort dort zu finden. Vielleicht würde Dr. Bossard nicht lange suchen müssen. Auf dem Tischchen stand ein Cognacglas, das noch zwei gelbe Kapseln enthielt, die fingerhoch mit einer bernsteingelben Flüssigkeit bedeckt waren.

Das Zeug läßt sich mühelos analysieren, falls sie zuviel davon geschluckt hat, dachte Quinn. Ob Bossard das Glas schon gesehen hat? Es steht etwas hinter der Lampe – aber es ist doch auffällig genug. Vorläufig muß er sich um Mrs. Parry kümmern, obwohl kaum zu bezweifeln ist, daß sie nicht mehr lebt. Das merkt man sogar als Laie ...

Dr. Bossard murmelte wieder etwas vor sich hin. Quinn hörte Carole und Ford miteinander sprechen. Dann war auch Irenes

Stimme zu hören. Sie fragte immer wieder etwas, das Quinn nicht verstand. Er dachte plötzlich an Michael Parry.

Das wird ein ziemlicher Schock für ihn. Sie muß eine Schönheit gewesen sein. – Warum er wohl zu trinken begonnen hat, obwohl er eine schöne Frau und keine Geldsorgen hatte? Vielleicht war er schon ein Alkoholiker, bevor er Adele geheiratet hat – aber dann hätte sie ihn doch nicht genommen. Mit ihrem Geld und ihrer Schönheit muß sie die Wahl zwischen Dutzenden von Männern gehabt haben. Warum sie sich dann ausgerechnet für Michael Parry entschieden hat?

Bossard trat vom Bett zurück. Er betrachtete jetzt das Glas auf dem Nachttisch. Sein Gesichtsausdruck war ernst, aber Mrs. Parrys Tod schien ihm nicht sonderlich nahezugehen.

Eigentlich müßte man ihm doch eine gewisse Erschütterung anmerken, dachte Quinn irritiert. Schließlich muß er Mrs. Parry gut gekannt haben – sonst wäre er nicht hierher eingeladen worden. Aber als Arzt muß man solche Dinge anscheinend unpersönlicher sehen. Das ist das Geheimnis der klinischen Betrachtungsweise. Wer Medizin studiert, ist schon anders als gewöhnliche Menschen oder wird es dabei. Ärzte hüten sich davor, Gefühle zu zeigen.

Dann hörte er Weinen aus dem Schlafzimmer an der Treppe.

Mrs. Ford reagiert da ganz anders, überlegte Quinn sich. Sie läßt ihren Gefühlen freien Lauf. Ich weiß nicht, ob sie sehr an ihrer Schwägerin gehangen hat, aber es war bestimmt kein Vergnügen, hier hereinzukommen und Adele als Schneewittchen auf dem Bett vorzufinden ...

Was hier passiert war, schien eindeutig rekonstruierbar zu sein; die Polizei würde keine Schwierigkeiten haben, die näheren Umstände dieses Falls zu klären.

Adele muß zurückgekommen sein, als niemand zu Hause war, dachte Quinn, und hat ein Glas Cognac getrunken, der mit irgendeinem Gift versetzt war. Aber warum ist sie nach Hause gekommen, um zu sterben? War sie schon hier oben, als Michael aus seinem Pub zurückgekommen ist? Oder hat sie ihn bei ihrer Ankunft im Schlafzimmer vorgefunden, wo er seinen Rausch ausgeschlafen hat?

Im Flur klapperten Absätze. Anscheinend war Carole hierher unterwegs. Dr. Bossard sah zu Quinn hinüber und schüttelte warnend den Kopf. Quinn nickte geistesabwesend.

Ich verstehe nur nicht, weshalb beide Betten in Unordnung sind. Michael Parry kann nur in einem geschlafen haben, aber beide sehen benützt aus. Warum beide? Ist sie erst dort gewesen, hat sich die Sache dann anders überlegt und ist hierher gekommen? Oder war etwa noch jemand hier im Haus?

Dieser Gedanke beschäftigte ihn, weil er alle anderen Überlegungen umwarf.

Vielleicht hat Michael überhaupt nicht geschlafen. Vielleicht ist Adele von Bett zu Bett gegangen, bis sie das bequemste gefunden hatte – wie Goldlöckchen. Die Geschichte mit den drei Bären scheint hier an den Wänden des Kinderzimmers nicht dargestellt zu sein . . .

Eine bizarre Idee. Quinn befaßte sich noch immer damit, als Carole an der Tür stehenblieb. Sie war auffällig blaß und fragte leise: »Ist sie tot?«

»Ja«, antwortete Quinn.

»Aber wie ist das passiert? Was wollte sie hier?«

»Das sind nur zwei von vielen Fragen, die in nächster Zeit beantwortet werden müssen«, sagte Quinn.

»Kann ich sie sehen?«

»Hier gibt es nichts zu sehen«, erwiderte Dr. Bossard hinter der offenen Tür, »und Sie wären hier nur im Weg. Kümmern Sie sich lieber um Mrs. Ford. Wenn sie sich nicht bald beruhigt, gebe ich ihr ein Schlafmittel.«

Carole widersprach nicht. Sie nickte Quinn zu und ging wieder.

Bossard kam hinter dem Bett hervor. »Würden Sie mir einen Gefallen tun, Mr. Quinn?«

»Selbstverständlich.«

»Gehen Sie bitte nach unten und rufen Sie die Polizei an, ohne die anderen allzusehr zu beunruhigen. Lassen Sie sich mit Inspektor Elvin verbinden. Erzählen Sie ihm, was passiert ist. Sagen Sie ihm, daß ich hier oben bleibe, damit nichts verändert wird. Das genügt vorläufig, glaube ich.«

»Nein«, antwortete Quinn. »Wie soll ich ihm schildern, was passiert ist, wenn ich es selbst nicht weiß?«

Dr. Bossard runzelte die Stirn. »Sie wissen genug«, behauptete er.

»Keineswegs«, widersprach Quinn.

»Genug reicht nicht, Doktor. Da dieser Fall ohnehin nicht geheimgehalten werden kann, möchte ich gleich wissen, wann und woran sie gestorben ist.«

Bossard machte ein abweisendes Gesicht. »Ich kann vorläufig nur Vermutungen anstellen. Zuverlässige Ergebnisse liefert erst die Obduktion.«

»Das ist mir klar«, stimmte Quinn zu. »Mir genügen vorerst Ihre Vermutungen.«

»Aber Sie zitieren mich doch nicht namentlich?«

»Selbstverständlich nicht, Doktor. Ich stelle Ihnen diese Fragen ohnehin nicht als Reporter. Ich habe eigentlich Urlaub – aber ich bin von Natur aus neugierig.«

»Etwas kann ich Ihnen schon jetzt sagen«, fuhr Bossard fort. »Dieser Fall ist keineswegs irgendwie geheimnisumwittert.«

»Da täuschen Sie sich, Doktor! An der Sache ist irgend etwas faul. Hier sind so viele Fragen offen, daß die Polizei gar nicht wissen wird, wo sie anfangen soll. Ich kann Ihnen gleich eine stellen. Wie lange ist Mrs. Parry schon tot?«

Der Arzt machte eine abwehrende Handbewegung. »Über solche Dinge darf ich nicht mit Ihnen sprechen, Mr. Quinn. Die Tote war meine Patientin, und ich sehe keinen Anlaß, Ihre Neugier zu befriedigen, nur damit Sie ... Außerdem handelt es sich hier um Fragen, die nur die Polizei etwas angehen.« Bossard lächelte plötzlich, als wolle er sich für seine schroffe Art entschuldigen. »Falls die Polizei Sie natürlich über das Ergebnis der ersten Untersuchung informiert ...«

»Sie bestehen darauf, mich als Reporter zu behandeln«, stellte Quinn fest. »Dabei bin ich als Gast hier.«

»Sie benehmen sich aber nicht wie einer, wenn ich Ihnen das ganz offen sagen darf«, antwortete Bossard. »Es ist nicht sehr taktvoll, sich in die Angelegenheiten von Leuten einzumischen, die von einer Tragödie dieser Art betroffen sind.«

Quinn merkte, daß es zwecklos war, den Arzt umstimmen zu wollen. »Sie haben natürlich recht, Doktor«, gab er zu. »Ich müßte zurückhaltender sein – aber das ist eben der Reporter in mir. Anstatt noch mehr zu fragen, gehe ich jetzt nach unten und rufe die Polizei an.« Er drehte sich noch einmal um. »Was soll ich sagen, falls Mrs. Ford mich nach ihrer Schwägerin fragt?«

»So wenig wie möglich. Sie weiß bereits, daß Mrs. Parry tot ist. Alles Weitere...« Bossard sah auf die Tote hinab. »Den Rest erfährt sie noch früh genug – wie die anderen auch.«

Bossard starrte noch immer Adele Parry an, als Quinn davonging. Aus dem ersten Schlafzimmer drang Irene Fords Stimme: »Das ist einfach ungerecht! Sie hat das Leben so geliebt. Das verstehe ich einfach nicht . . .« Dann übertönte ein anderes Geräusch einen Augenblick lang ihre weinerliche Tirade: ein Klikken, als die Tür des Kinderzimmers geschlossen wurde.

Quinn hatte eben die Polizei benachrichtigt, als ein Auto vorfuhr. Parry kam herein. Er schien jetzt völlig nüchtern zu sein.

»Ist das Doktor Bossards Wagen dort draußen?« erkundigte er sich. »Wann ist er gekommen?«

»Erst vor kurzem.«

»Wo ist er? Und wo sind die anderen?«

»Carole und die Fords sind oben«, antwortete Quinn vorsichtig. »Mrs. Ford fühlt sich nicht wohl.«

»Oh, das tut mir aber leid. Hoffentlich ist es nichts Ernsthaftes. Ist Doktor Bossard deshalb hier?«

»Nein, er ist nur zufällig vorbeigekommen und wollte kurz hereinschauen. Er wollte eigentlich schon . . .«

»Mir geht es selbst nicht sonderlich«, warf Parry ein. »Ich mache mir Sorgen, wissen Sie. Diese Sache bringt mich ganz durcheinander. Meine Frau war auch nicht in dem zweiten Bus. Sie hat nicht zufällig hier angerufen?«

»Nein. Aber ich muß Ihnen etwas sagen – wenn Sie sich zuerst setzen wollen . . .«

»Was soll das heißen?« erkundigte Parry sich unbehaglich und zugleich etwas ängstlich. »Was haben Sie mir zu sagen? Was geht hier vor?«

»Ihre Frau ist hier«, sagte Quinn.

Parry starrte ihn an. »Unsinn! Wie kann sie hier sein, wenn sie nicht mit dem Bus gekommen ist?«

»Das kann ich Ihnen nicht sagen. Ich weiß auch nicht, wann sie gekommen ist. Sie ist oben. Doktor Bossard ist bei ihr.«

»Ist sie ...«, begann Parry. »Ist sie krank?« Aber er wartete Quinns Antwort nicht ab, sondern murmelte vor sich hin: »Sie ist hier, aber Sie wissen nicht, wann sie gekommen ist, und Bossard ist bei ihr ...« Er bedeckte die Augen mit der Hand und ließ sich in einen Sessel fallen. Dann sah er zu Quinn auf. »Das begreife ich alles nicht. Sie ist krank – das wollten Sie doch sagen, nicht wahr?«

Quinn schüttelte den Kopf. »Sie ist tot, Mr. Parry.«

Parry öffnete den Mund. »Das kann ich nicht glauben«, flüsterte er heiser. »Das kann nicht wahr sein. Das ist bestimmt nur ein schlechter Traum! Adele war kerngesund. Sie ist nie auch nur einen Tag krank gewesen. Wie kann sie plötzlich tot sein?«

»Ich bin kein Arzt, deshalb kann ich Ihre Frage nicht beantworten«, sagte Quinn. »Ich weiß nur, daß sie tot war, als wir sie gefunden haben.«

»Wo?« fragte Michael Parry mit erstickter Stimme. »Wo war sie?«

»Sie hat im Kinderzimmer auf dem Bett gelegen.«

»Was wollte sie dort?« murmelte Parry vor sich hin.

»Das muß die Polizei herausbekommen«, antwortete Quinn. »Ich habe sie eben benachrichtigt.«

»Die Polizei? Ich weiß nicht, was ...« Er sprach den Satz nicht zu Ende, sondern nickte langsam. »Ja, natürlich. Anders geht es nicht. Das hätte mir klar sein müssen. Aber ich bin noch so durcheinander.« Er strich sich seinen Bart. »Wer – wer hat meine Frau entdeckt?«

»Mrs. Ford.«

»Wie ist es dazu gekommen? Sonst geht doch niemals jemand ins Kinderzimmer. Es steht seit Jahren leer.«

»Ich habe sie noch nicht danach gefragt«, antwortete Quinn. »Sie hat einen hysterischen Anfall bekommen und ist oben an der Treppe ohnmächtig geworden.«

Parry bedeckte wieder die Augen mit einer Hand. »Woran ist Adele nach Doktor Bossards Meinung gestorben?« fragte er leise.

»Das wollte er mir nicht sagen«, erwiderte Quinn. »Er weiß es entweder nicht – oder findet, daß es mich nichts angeht. Aber sie scheint jedenfalls schmerzlos gestorben zu sein. Vielleicht ist Ihnen das ein Trost, sobald Sie den ersten Schock überwunden haben.«

Parry sah zu ihm auf. »Sie haben sie gesehen?« erkundigte er sich.

»Ja, ich bin als erster nach Mrs. Ford im Kinderzimmer gewesen. Aber Bossard hat mich wieder hinausgeschickt.«

»Glauben Sie ...«, begann Parry unsicher. »Glauben Sie, daß er mich zu ihr läßt – nur einen Augenblick?«

»Wie sollte er Sie daran hindern können?« fragte Quinn. »Ich rate Ihnen allerdings, nach oben zu gehen, bevor die Polizei kommt.«

Parry schien sich nicht entscheiden zu können. Er stand auf, blieb doch wieder stehen und sah zögernd zur Treppe hinüber. »Nein, lieber nicht gleich. Vielleicht etwas später. Das hat schließlich keine Eile, nicht wahr?«

»Sie müssen wissen, was Sie wollen«, erklärte Quinn ihm. »Ob Sie jetzt oder später zu ihr gehen, ändert auch nichts mehr.«

»Richtig. Sie ist tot ...« Parry setzte sich und ließ die Hände zwischen den Knien herabhängen. »Sie ist tot, und ich kann nichts daran ändern.« Er sah wieder zu Quinn hinüber. »Weiß Doktor Bossard, wann sie gestorben ist?«

»Falls er es weiß, will er nicht damit herausrücken. Wie ich die Sache sehe, war sie vermutlich schon tot, als Carole und ich angekommen sind.«

»Das begreife ich alles nicht«, sagte Parry ausdruckslos. »Sie war nicht zu Hause, als ich gegen halb drei zurückgekommen bin; folglich muß sie später nach Hause gekommen sein. Warum hat sie mich nicht geweckt, wenn sie sich nicht wohl fühlte? Und warum hat sie mich nicht schon vorher angerufen, um sich in Blandford oder Salisbury abholen zu lassen? Es ist doch unsinnig, daß sie ins Haus geschlichen sein soll, während ich hier war, und daß sie mich nicht geweckt hat ...«

Quinn nickte langsam. »Ich glaube, daß Sie sich mit der Möglichkeit beschäftigen müssen, daß Ihre Frau keines natürlichen Todes gestorben ist.«

Parry starrte ihn an. »Weiter!« forderte er Quinn auf. »Was wissen Sie noch? Sagen Sie endlich, was Sie zu sagen haben!«

»Auf ihrem Nachttisch hat ein Glas mit Cognac und zwei gelben Kapseln gestanden. Ich weiß nicht, was sie enthalten, aber . . .«

»Das ist ein Schlafmittel«, unterbrach Parry ihn. »Doktor Bossard hat es Adele verschrieben. Sie hat gelegentlich eine Kapsel genommen. Jetzt wird mir allmählich klar, was . . .« Er holte tief Luft. Dann schüttelte er den Kopf, als habe er nichts hinzuzufügen.

»Was wird Ihnen klar?« fragte Quinn.

»Warum sie im Kinderzimmer war. Es ist nie benützt worden. Sie hat alles so gelassen, wie es damals war, als das Baby gestorben ist.« Parry runzelte die Stirn. »Der Kleine war nur ein paar Monate alt. Sie ist nie darüber hinweggekommen.«

»Wann war das?« erkundigte Quinn sich.

»Vor fünf – nein, vor etwas über sechs Jahren. Adele hat kurz danach ihren ersten Mann verloren.« Parry dachte nach. »Ich habe sie etwa eineinhalb Jahre später kennengelernt. Wir waren schon sechs Wochen später verheiratet, wissen Sie.«

Quinn hörte kaum zu, weil er sich wieder an die beiden Betten und das Gesicht der Toten erinnerte. Ist sie in das Kinderzimmer gegangen, um dort zu sterben, wo sie von Erinnerungen an ein allzu kurzes Glück umgeben war? Aber das wäre keine Erklärung dafür, warum sie das andere Bett in dem anderen Zimmer benützt hat – wenn sie es wirklich war. Hat sie ein Bett für ihren letzten Schlaf gesucht? Und wie heißt es in dem Märchenbuch? ›Dann wachte Goldlöckchen auf und sah die drei Bären und fürchtete sich sehr. Sie sprang aus dem Bett und kletterte durchs Fenster und lief nach Hause zu ihrer Mutter.‹

Aber Adele Parry hatte doch nichts zu fürchten – nur das Leben selbst. Vielleicht ist sie unter einem unglücklichen Stern zur Welt gekommen? Hat sie den Tod ihres Kindes und den ihres ersten Mannes nicht verwinden können? Hat sie versucht, einen neuen Anfang zu machen – und ist dabei wieder enttäuscht worden, weil ihr zweiter Mann sich als Säufer entpuppte? Vielleicht war das einfach zuviel für sie; vielleicht hat ihre Enttäuschung heute nachmittag den Höhepunkt erreicht?

Sie hat ihren Mann betrunken schnarchend im Ehebett entdeckt. Das kann nicht zum erstenmal gewesen sein – aber es hat ihr den Rest gegeben. Die Polizei dürfte nicht viel Arbeit haben...

Aber zwei Dinge sprachen dagegen: Die Polizei würde herausbekommen müssen, warum Mrs. Parry einige Stunden früher als geplant zurückgekommen war, und sie würde klären müssen, weshalb sie zuerst das Bett im Schlafzimmer benützt hatte, um erst dann ins Kinderzimmer zu gehen.

Michael Parry starrte seine Fußspitzen an. »Sie hat mich nicht geweckt, als sie nach Hause gekommen ist«, sagte er, als habe er Quinns Gedanken erraten. »Sie hat mir auch nicht gesagt, daß sie früher zurückkommen wollte. Das verstehe ich nicht!«

Er wirkte nicht übermäßig bekümmert. Auf die Nachricht vom Tod seiner Frau hatte er betroffen, aber nicht erschüttert, verwirrt, aber nicht traurig reagiert. Jetzt benahm er sich wie ein Mann, der über ein kniffliges Problem nachdenkt, das er ganz unpersönlich sieht.

»Kann sie heute nachmittag vor Ihnen zurückgekommen sein?« wollte Quinn wissen.

Parry schüttelte den Kopf. »Mrs. Gregg – das ist unsere Zugehfrau – geht erst nach ein Uhr, und ich bin um Viertel nach drei zurückgekommen.«

»Aber das bedeutet doch, daß das Haus mindestens zwei Stunden leergestanden hat?«

»Richtig«, stimmte Parry zu. »Aber ich versichre Ihnen, daß meine Frau nirgends zu sehen war, als ich das Haus betreten habe.«

»Vielleicht haben Sie sie nur nicht gesehen – wenn Sie geradewegs nach oben gegangen sind. Sie können nicht wissen, ob jemand im Haus war; Sie nehmen es nur an, weil Sie keinen Laut gehört haben.«

Michael Parry schluckte mehrmals. »Glauben Sie, daß sie im Kinderzimmer war?«

»Das ist durchaus möglich«, antwortete Quinn. »Schließlich sind Sie nicht in diesem Raum gewesen. Warum hätten Sie ihn auch betreten sollen?«

»Ja, aber ...« Michael zögerte, bevor er hinzufügte: »Aber sie muß absichtlich leise gewesen sein, und ich verstehe nicht ...«

»Sie wollte nicht gefunden werden, bevor es zu spät war«, behauptete Quinn.

Michael Parry sah wieder zu Boden. Im ersten Stock wurde eine Tür geöffnet und geschlossen. Schritte kamen den Flur entlang. Eine andere Tür ging auf. Dann wurden zwei Stimmen hörbar.

»Nein, Miss Wilkinson, hier können Sie nicht herein«, sagte Dr. Bossard. »Die Polizei muß gleich kommen, und außerdem gibt es nichts zu sehen. Ich schlage vor, daß Sie nach Hause gehen. Ich will nicht unhöflich sein, aber Sie sind hier nur im Weg.«

Die andere Stimme gehörte Ariadne Wilkinson. »Seien Sie doch vernünftig, Doktor!« forderte sie Bossard auf. »Wie soll ich denn nach Hause kommen? Wissen Sie nicht mehr, daß Sie mich mitnehmen wollten? Ich warte gern, bis Sie fertig sind.«

»Sie wissen genau, daß Sie hier nur lästig sind, Miss Wilkinson!« antwortete Bossard scharf. »Ich muß wahrscheinlich ziemlich lange hierbleiben. Draußen regnet es übrigens nicht mehr.«

»Aber ...«

»Ein kleiner Spaziergang tut Ihnen bestimmt gut«, unterbrach Bossard sie. »Bewegung macht schlank. Versuchen Sie nicht immer, Ihr Übergewicht loszuwerden?«

»Sie sind ein Schuft, Doktor, ein richtiger Schuft!« behauptete Miss Wilkinson. »Was ist schon dabei, wenn ich einen Blick auf eine alte Freundin werfe, bevor sie abgeholt wird?«

»Kommt nicht in Frage. Sie können ja zur Beerdigung gehen. Gute Nacht, Miss Wilkinson!«

Quinn hörte, daß die Tür im ersten Stock nachdrücklich geschlossen wurde. Dann kam Ariadne Wilkinson die Treppe herunter. »Na, wie finden Sie das?« fragte sie Quinn empört. »Hätten Sie gedacht, daß jemand eine Frau in meinem Alter zu Fuß nach Hause schickt?« Bevor er sich dazu äußern konnte, sah sie zu Parry hinüber. »Hallo, Michael. Eine traurige Sache, sehr traurig. Mein Beileid.«

Michael Parry sah nicht einmal auf. »Danke«, murmelte er leise.

»Wenn ich Ihnen irgendwie helfen kann, brauchen Sie es nur zu sagen«, fuhr Miss Wilkinson fort. Sie ging zur Tür und sah hinaus. »Ich hasse diesen Mann«, erklärte sie Quinn. »Er hat tatsächlich recht. Aber ich garantiere Ihnen, daß es unterwegs wie aus Kübeln schüttet! Geschieht ihm ganz recht, wenn ich mir eine Lungenentzündung hole, so daß er mich dreimal täglich besuchen muß.«

Quinn sah Ariadne Wilkinson nach, als sie in der Dunkelheit verschwand. Eine merkwürdige Gestalt. Was hatte sie vorhin gesagt? »Wissen Sie, ich denke oft, daß ich dreihundert Jahre zu spät auf die Welt gekommen bin. Ich hätte eine gute Hexe abgegeben ...« Eine seltsame Frau – und nicht sonderlich sympathisch.

Eigenartig, daß mir nicht aufgefallen ist, daß sie verschwunden war, als ich telefoniert habe. Wo sie wohl gesteckt hat, während Dr. Bossard und ich über den Fall gesprochen haben? Wahrscheinlich hat sie im Bad nebenan gelauscht. Leuten wie ihr entgeht so leicht nichts.

Quinn dachte nicht mehr an Ariadne Wilkinson, sondern überlegte sich, warum Irene Ford in das Kinderzimmer gegangen sein mochte. Parry hatte behauptet, es sei praktisch nie betreten worden. Aber Michael Parry war vielleicht kein sehr zuverlässiger Zeuge. Seine Frau schien kein Vertrauen zu ihm gehabt zu haben, sonst hätte er wissen müssen, daß sie früher als ursprünglich geplant nach Hause kommen wollte – falls das überhaupt stimmte und falls er wirklich nichts davon gewußt hatte. Bei Michael Parry konnte man vieles nur vermuten.

5

Inspektor Elvin war ein magerer, drahtiger Mann mit hervortretenden Backenknochen und silbergrauen Haaren, die er ohne Scheitel nach hinten gekämmt trug. Seine Krawatte paßte zu seinem dunkelblauen Anzug, sein Hemd war tadellos weiß, seine Schuhe waren frisch geputzt.

Der Kriminalbeamte, der ihn begleitete, war groß, muskulös und grobknochig. Sein breites Gesicht trug einen gutmütigen Ausdruck. Elvin stellte seinen Begleiter mit den Worten vor: »Und das hier ist Sergeant Taylor. Er kennt diese Gegend sehr gut, sonst hätten wir das Haus nicht so rasch gefunden.«

Der Sergeant nickte verlegen, murmelte etwas Unverständliches und sah dann zu einer Lampe auf, als habe er noch nie etwas Ähnliches gesehen.

Elvin warf Quinn einen Blick zu, bevor er sich an Michael Parry wandte. »Eine bedauerliche Sache – höchst bedauerlich, Mr. Parry. Ich will Sie nicht mehr als unbedingt nötig belästigen, aber ich muß bestimmte Nachforschungen anstellen. Dafür haben Sie gewiß Verständnis.«

»Ja, natürlich«, stimmte Michael Parry zu. »Aber ich kann Ihnen nicht viel erzählen. Das Ganze ist ein großer Schock für mich.«

»Das ist ganz natürlich, Sir. Am besten sprechen wir erst später darüber, nachdem ich einige Auskünfte von Doktor Bossard eingeholt habe.« Der Tonfall des Inspektors veränderte sich, als er jetzt Quinn ansprach: »Sie sind der Gentleman, der mich angerufen hat, nicht wahr? Haben Sie Mrs. Parry aufgefunden?«

»Nein, das war Mrs. Ford, ihre Schwägerin.«

»Und wo ist Mrs. Ford jetzt?«

»Oben im ersten Stock. Ihr Mann ist bei ihr – und Miss Stewart, eine Freundin der Familie. Die beiden leisten Mrs. Ford Gesellschaft, weil sie einen Schock erlitten hat.«

»Dann will ich sie vorläufig nicht stören. Wir haben schließlich Zeit. Doktor Bossard ist noch in dem Zimmer, in dem Mrs. Parry gefunden wurde?«

»Ja.«

»Ausgezeichnet! Würden Sie mich bitte zu ihm bringen?«

Sergeant Taylor blieb im Erdgeschoß zurück und nahm in einem Sessel Platz. Michael Parry sah nicht einmal auf, als die beiden Männer zur Treppe gingen. Er blieb hocken und starrte weiter den Fußboden an.

»Die Fords und Miss Stewart sind in diesem Zimmer«, erklärte Quinn dem Inspektor, als sie daran vorbeigingen. »Der nächste Raum ist das Schlafzimmer der Parrys.« Quinn machte eine Pause. »Ich möchte Ihnen etwas zeigen, Inspektor – wenn Sie Zeit haben.«

Elvin lächelte. »Für notwendige Dinge nehme ich mir Zeit, Mr. Quinn. Ich weiß aus Erfahrung, daß man auf diese Weise schließlich sogar Zeit spart.«

Quinn führte ihn in das leere Schlafzimmer und schloß die Tür hinter ihnen. »Mr. Parry hat mir erzählt, er sei gegen halb vier nach Hause gekommen, sofort nach oben gegangen und wenig später eingeschlafen. Er scheint erst aufgewacht zu sein, als Miss Stewart und ich angekommen sind. Das war um halb acht.«

»Aha«, sagte Inspektor Elvin.

»Ich bin noch nicht fertig. Parry behauptet, bei seiner Rückkehr sei das Haus menschenleer gewesen. Seine Frau war in Wood Lake und sollte erst heute abend zurückkommen ...«

Elvin hörte aufmerksam zu. »Hmmm, eine merkwürdige Geschichte«, meinte er dann. »Sehr merkwürdig! Hat jemand sie nach Hause kommen sehen?«

»Anscheinend nicht. Aber sie muß nachmittags zurückgekommen sein. Ich glaube, daß sie schon einige Zeit tot war, als wir sie gegen neun Uhr gefunden haben, Inspektor.«

Elvin warf einen Blick auf seine Uhr. »Haben Sie Erfahrung in solchen Dingen, Mr. Quinn?«

»Ja«, antwortete Quinn.

»Wodurch?«

»Ich bin Polizeireporter der Morning Post. Im Lauf der Jahre habe ich auf diesem Gebiet einige Erfahrungen gesammelt.«

Elvin zog die Augenbrauen hoch. »Interessant, ja, sehr interessant. Und Sie vermuten also, daß Mrs. Parrys Tod andere Ursachen haben könnte, als es vielleicht den Anschein hat?«

»Das ist noch keine Vermutung, Inspektor«, wehrte Quinn ab. »Mir ist nur etwas aufgefallen – diese beiden Betten. Sie scheinen beide benützt worden zu sein.«

Der Inspektor betrachtete sie nachdenklich. »Stimmt«, meinte er dann. »Aber das ist keineswegs ungewöhnlich, Mr. Quinn. Worauf wollen Sie hinaus?«

»Wenn Parry nicht in zwei Betten geschlafen hat, muß sich jemand in diesem Zimmer hingelegt haben. Ich tippe dabei auf Mrs. Parry. Aber sie ist im Kinderzimmer tot aufgefunden worden. Deshalb habe ich mich gefragt, warum sie von einem Zimmer ins nächste gewandert sein mag. Eigentlich hätte es ihr doch gleichgültig sein können, in welchem Bett sie starb?«

Inspektor Elvin nickte langsam. »Eine gute Frage, eine sehr gute Frage. Ich habe das Gefühl, daß Sie ein guter Mann sind.«

»Manchmal«, antwortete Quinn.

»Davon bin ich überzeugt. Sobald ich mit Doktor Bossard gesprochen habe, würde ich mich gern mit Ihnen über Ihre sonstigen Ideen unterhalten.« Der Inspektor betrachtete nochmals die Betten, bevor er fragte: »Sind Sie ein alter Freund der Parrys?«

»Ich bin heute zum erstenmal hier«, gab Quinn zu. »Miss Stewart hat mich eingeladen, das Wochenende in Elm Lodge zu verbringen. Wir waren eben erst angekommen, als Michael Parry wegfuhr, um seine Frau vom Bus abzuholen. Ich kenne ihn also kaum. Und seine Frau habe ich nur als Leiche gesehen.«

»Kein guter Anfang für ein Wochenende«, meinte Elvin. »Aber vielleicht springt dabei wenigstens noch eine Story für Sie heraus, nicht wahr?«

»Ich will keine Story«, wehrte Quinn ab. »Ich habe Urlaub. Die Zeitung muß zwei Wochen ohne meine Geistesblitze auskommen. Ich habe an diesem Fall kein berufliches Interesse. Mir ist nur Mrs. Parrys seltsames Verhalten aufgefallen.«

»Eigenartig, wirklich eigenartig«, stimmte der Inspektor zu.

»Leute, die Selbstmord begehen wollen, tun natürlich oft eigenartige Dinge.«

»Das klingt wie eine Frage«, stellte Elvin fest. Er warf Quinn einen prüfenden Blick zu. »Sie sind also mißtrauisch, Mr. Quinn. Ich dachte immer, das sei Männern meines Berufs vorbehalten.«

»Polizeireportern geht es ähnlich.«

»Das glaube ich«, stimmte Elvin zu. Er betrachtete erneut das Doppelbett und öffnete dann die Tür. »Es wird allmählich Zeit, daß ich mit Doktor Bossard spreche.«

»Hoffentlich erzählt er Ihnen mehr davon als mir«, warf Quinn ein.

»War er nicht sehr mitteilsam?«

»Ich weiß nicht einmal, ob er zugegeben hat, daß Mrs. Parry tot ist.«

»Kennt er Sie als Reporter?«

»Ja, natürlich. Inzwischen wissen es alle.«

»Damit ist bereits alles erklärt. Doktor Bossard ist der Polizeiarzt dieses Bezirks und darf sich in dieser Funktion der Presse gegenüber nicht äußern. Aber ich glaube nicht, daß seine Weigerung persönliche Gründe hat.« Inspektor Elvin nickte Quinn zu und fragte: »Würden Sie hier auf mich warten?«

»Gern – gibt es einen bestimmten Grund, daß ich nicht hinuntergehen soll? Ich könnte einen Drink brauchen.«

»Das glaube ich«, antwortete der Inspektor. »Ich halte Sie nicht länger auf als unbedingt notwendig, Mr. Quinn – darauf können Sie sich verlassen. Sobald ich eine kleine Auskunft von Doktor Bossard eingeholt habe, komme ich wieder zu Ihnen.«

»Das erklärt aber nicht, warum ich hier warten soll.«

»Doch, Mr. Quinn – Sie brauchen nur ein bißchen darüber nachzudenken.«

»Denken macht mich müde«, behauptete Quinn. »Warum beantworten Sie nicht einfach meine Frage?«

»Gut, wie Sie wollen. Ich möchte verhindern, daß jemand etwas in diesem Raum verändert, bevor ich Gelegenheit gehabt habe, ihn zu durchsuchen.«

»Warum haben Sie dann Vertrauen zu mir?« fragte Quinn erstaunt.

»Nur aus einem Grund«, antwortete der Inspektor. »Sie sind hier fremd, Mr. Quinn. Deshalb glaube ich, daß ich mich auf Sie verlassen kann.« Bevor er die Tür schloß, fügte er hinzu: »Und ich hoffe sehr, daß Sie nichts tun werden, um dieses Vertrauen zu erschüttern . . .«

Quinn ging eine Viertelstunde in dem Zimmer auf und ab, während er intensiv nachdachte. Er sah sich einem neuen Problem gegenüber. Kein Polizeibeamter, den er je kennengelernt hatte, war sofort bereit gewesen, einen Fall mit einem Fremden zu diskutieren. Aber Elvin hatte mit ihm gesprochen, als seien sie alte Bekannte.

Angeblich vertraut er mir, aber diese Begründung ist nicht stichhaltig. Er redet viel zuviel. Und ein Kriminalinspektor, der mir in jedem Punkt eifrig zustimmt, ist von Anfang an verdächtig. Wenn ich nur wüßte, worauf er hinauswill ...

Aus dem anderen Zimmer, in dem Neil Ford und Carole bei Mrs. Ford waren, drangen leise Stimmen.

Warum läßt Ford sich nicht mehr blicken? dachte Quinn. Eigentlich müßte er sich doch erkundigen, was mit Adele los ist. Schließlich kann seine Frau sich getäuscht haben. Woher weiß er, daß Adele Parry tot ist? Sie könnte einen Herzanfall erlitten haben oder nur ohnmächtig gewesen sein. Trotzdem ist er die ganze Zeit über bei seiner Frau geblieben. Will er etwa den besorgten Gatten spielen? Das wäre unglaubwürdig ...

Auch Michael Parry hat sich seltsam benommen. Er hat den vom Schicksal zu Boden Geschmetterten gespielt – und das nicht einmal gut. Der Tod seiner Frau scheint ihm keineswegs sehr nahegegangen sein. Er hat fast zufrieden gewirkt. Falls Parry und seine Frau nicht gut miteinander ausgekommen sind, kann man nicht erwarten, daß er sich ihretwegen die Augen ausweint. Wahrscheinlich erbt er ihr ganzes Vermögen; vielleicht war sie noch dazu hoch versichert ...

Schade darum! Eine schöne Frau, die sich alles leisten konnte, was ihr Herz begehrte. Aber Mrs. Adele Parry mußte geglaubt haben, ihr ganzer Reichtum sei kein Ausgleich für die Dinge, die ihr fehlten – wenn sie Selbstmord begangen hatte. Falls sie das nicht getan hatte ...

Die Tür öffnete sich. Michael Parry kam herein. Er sah jetzt weniger bedrückt aus. Als er Quinn sah, zuckte er zusammen: »Oh, ich dachte, Sie und der Inspektor seien bei Doktor Bossard.«

»Nein, Elvin wollte allein mit ihm sprechen«, antwortete Quinn. »Er hat mich hier als Wachhund zurückgelassen.«

Michael Parry rieb sich das Kinn. Er trug plötzlich wieder den gleichen Gesichtsausdruck wie zuvor. »Was soll das heißen?« fragte er unsicher.

»Inspektor Elvin möchte, daß hier nichts verändert wird, während er mit Doktor Bossard spricht«, erklärte Quinn ihm.

»Verändert? Was meinen Sie damit?«

»Das müssen Sie den Inspektor selbst fragen. Ich nehme an, daß er das Zimmer durchsuchen will, wenn er zurückkommt.«

Michael Parry runzelte die Stirn. »Das ist ja unsinnig! Was erwartet er hier zu finden?«

»Keine Ahnung«, gab Quinn zu.

»Aber hier kann doch nichts . . .« Parry sprach nicht weiter, als habe er eben beinahe zuviel gesagt. Er fuhr sich mit der Zungenspitze über die Lippen. »Es ist schon schlimm genug, daß meine Frau Selbstmord begangen hat«, fügte er dann leise hinzu. »Aber ich nehme an, daß die Polizei ihre bewährten Methoden hat, die sie nicht ändern wird, um meine Gefühle zu schonen.«

»Richtig«, stimme Quinn zu, »darauf können Sie sich verlassen! Ein Mann wie Inspektor Elvin weiß, daß der erste Anschein in vielen Fällen trügt. Hier weist allerdings vieles auf einen Selbstmord hin.«

Parry starrte ihn an. »Natürlich hat meine Frau Selbstmord begangen!« behauptete er. »Welche Möglichkeit sollte es sonst geben?«

»Fragen Sie das mich oder sich selbst?«

»Ich habe mir nur überlegt, ob Inspektor Elvin einen Unfall für möglich hält.«

»Warum nicht?« meinte Quinn. »Hoffentlich stellt sich die ganze Sache als Unfall heraus – das erspart allen Beteiligten große Unannehmlichkeiten.«

»Danke«, murmelte Parry. »Wir können also nur hoffen, daß . . .« Er beendete den Satz nicht.

»Ganz recht«, warf Quinn ein. »Aber ich kann Ihnen versichern, daß jeder normale Coroner ängstlich darauf bedacht ist, als Todesursache möglichst nicht Selbstmord anzugeben.«

Diesem Kerl ist es ganz gleichgültig, daß seine Frau tot ist, überlegte Quinn sich. Er ist nur um sich selbst besorgt. Ob er weiß, daß er bei der gerichtlichen Feststellung der Todesursache zahlreiche Fragen zu beantworten haben wird? Es sieht bestimmt nicht allzugut für ihn aus, wenn sich nachweisen läßt, daß sie die Kapseln erst geschluckt hat, als er schon zu Hause war. Dann glaubt ihm nämlich kein Mensch, daß er zu betrunken war, um noch etwas zu hören. Dann muß der Wirt des Pubs als Zeuge aussagen und kann bestimmt genaue Angaben darüber machen, ob und wie betrunken Michael Parry war, als er nach Hause aufbrach ...

»Hoffentlich haben Sie recht«, sagte Parry. »Das wäre eine große Erleichterung für mich. Mein Verlust wird dadurch nicht geringer, aber ...«

Er sprach nicht weiter, weil draußen im Flur Schritte näherkamen. Dann betrat Inspektor Elvin das Schlafzimmer. Er sah zu Parry hinüber. »Gut, daß Sie hier sind, Sir«, meinte er. »Jetzt können wir uns in aller Ruhe unterhalten und ein paar offene Fragen klären, nicht wahr?« Elvin wandte sich an Quinn. »Wären Sie so freundlich, uns alleinzulassen? Und noch etwas, Mr. Quinn – würden Sie Sergeant Taylor bitten, alles zu veranlassen, damit die Leiche abgeholt werden kann?«

Quinn wollte den Raum verlassen, als Parry sagte: »Ich möchte, daß Sie bleiben. Kommen Sie bitte zurück, sobald Sie das ausgerichtet haben.« Das klang nicht wie eine Bitte, sondern fast wie ein Befehl.

Inspektor Elvin räusperte sich. »Ich glaube nicht, daß Mr. Quinns Anwesenheit erforderlich ist.«

Parry drehte sich aggressiv nach ihm um. »Was Sie glauben, spielt keine Rolle«, behauptete er. »Dies ist mein Haus, und ich betrachte Mr. Quinn als Freund. Deshalb soll er zuhören, während Sie mich ausfragen. Ist das etwa verboten?«

»Nein. Das habe ich nie behauptet, aber ...«

»Haben Sie persönlich etwas dagegen?«

»Durchaus nicht!« Der Inspektor betrachtete seine Fußspitzen. »Ich halte Ihr Vorgehen nur für wenig ratsam, Mr. Parry.«

»Warum?«

»Nun, Sie sind sich doch darüber im klaren, daß er ein Reporter ist?«

»Das klingt, als wäre ich eine Prostituierte!« wandte Quinn unwillig ein.

Elvin sah zu ihm hinüber. »Das ist ein recht unglücklicher Vergleich, Mr. Quinn – äußerst unglücklich.«

»Das haben Sie bereits gesagt«, warf der Reporter ein. »Worauf wollen Sie also hinaus?«

»Ich fürchte, daß Sie mich absichtlich mißverstehen«, antwortete Elvin. »Wenn Mr. Parry jedoch Wert auf Ihre Anwesenheit legt, habe ich nichts dagegen einzuwenden. Aber ich hoffe, daß Sie mir den Gefallen tun werden, sich nicht einzumischen. Dann kommen wir schneller voran.« Der Inspektor wandte sich an Parry. »Entschuldigen Sie mich bitte einen Augenblick – ich muß meinem Sergeanten einige Anweisungen geben.«

Inspektor Elvin ließ die Tür offen, als er hinausging. Quinn hörte ihn die Treppe hinuntersteigen. Dann sprach Elvin mit Taylor.

Dieser Sergeant ist ein typischer Kriminalbeamter, dachte Quinn. Wahrscheinlich würde er sogar seine eigene Großmutter verkaufen. Und diesem Elvin ist auch nicht ganz zu trauen. Vorhin hat er noch so getan, als wären wir die besten Freunde; jetzt ist er unbegreiflich mißtrauisch.

Der Inspektor kam wieder die Treppe herauf. In diesem Augenblick wurde die Tür des ersten Zimmers geöffnet. Quinn hörte Caroles Stimme, ohne zu verstehen, was sie sagte.

»Ja, ich bin von der Polizei«, antwortete Elvin. »Darf ich fragen, wer Sie sind?«

»Ich bin Carole Stewart. Ist Doktor Bossard noch da?«

»Ja. Brauchen Sie ihn?«

»Vielleicht kann er sich Mrs. Ford ansehen. Sie hat die Tote entdeckt und ist natürlich ...«

»Gewiß«, stimmte Elvin zu. »Am besten sprechen Sie selbst mit dem Doktor. Er ist im Kinderzimmer.«

Merkwürdig, daß die beiden zuerst so getan haben, als wären sie nur flüchtig miteinander bekannt, dachte Quinn. Das beweist doch, daß sie irgend etwas zu verbergen haben. Vielleicht hatten sie einmal etwas miteinander, bis sie sich mit einem anderen eingelassen hat, vielleicht mit dem Mann, der in ihrem Haus gewohnt hat, oder Bossard war dieser Mann. Wahrscheinlich wäre er wütend, wenn er wüßte, daß ich sein Hemd trage. Er würde mir bestimmt nicht glauben, auf wie harmlose Weise ich in Caroles Haus gelangt bin ...

»Danke«, sagte Carole. »Wissen Sie, wo Mr. Parry ist?«

»Im Zimmer nebenan. Aber er hat im Augenblick keine Zeit. Sie können ihn später sprechen.«

Michael Parry hörte aufmerksam zu, obwohl er den Anschein zu erwecken versuchte, als interessiere ihn diese Unterhaltung nicht.

Ich bin hier wirklich ein Außenstehender, überlegte Quinn sich. Alle haben ihre kleinen Geheimnisse, aber ich habe nichts mit ihnen zu tun. Ich komme mir fast wie ein Schlüssellochgucker vor ...

Elvin kam zurück. Er bewegte sich mit der Selbstsicherheit eines Mannes, der alles unter Kontrolle hat.

Wäre dieser Reg, der Quinn mit »alter Junge« angesprochen hatte, nicht weggegangen, um sich einen Drink zu holen, wäre Quinn nie in Caroles Haus und schließlich hier gelandet. Warum hatte sie überhaupt nach ihm gesucht? Er hätte doch im Schlafzimmer dieser Jacqueline bleiben und sich ausschlafen können – oder er wäre auf die Straße gesetzt worden. Eines Tages mußte er dorthin zurück, um diesen Charlie Hinchcliffe einmal aus der Nähe zu betrachten.

Was hatte Reg noch gesagt? »Charlie ist gut bei Kasse, wissen Sie. Seine Frau hat ihm genug hinterlassen, eine prima Frau! Legt sich in Charlies besten Jahren hin und stirbt – und hinterläßt ihm ein Vermögen. Seitdem kann Charlie kräftig auf die Pauke hauen. Das ist Glück, was?«

Warum sollte jemand wie Michael Parry nicht auch einmal Glück haben? Dieser Gedanke ließ Quinn nicht mehr los.

Aber Parry wollte verhindern, daß die Leute glaubten, seine Frau habe Selbstmord begangen. Ihm war es lieber, wenn als Todesursache »Unfall« festgestellt wurde. Wenn man ihm das glauben durfte – wenn man in diesem verdammten Haus überhaupt jemand glauben konnte.

6

Inspektor Elvin betrat das Zimmer. Er schloß die Tür, lehnte sich dagegen und steckte die Hände in die Jackentaschen. »Wo waren wir noch gleich?« fragte er. »Ah, ganz recht. Ich nehme an, daß Sie die näheren Umstände des Todes Ihrer Frau kennen, Mr. Parry?«

»Ich weiß nur . . .«, begann Michael zögernd. »Ich weiß nur, daß sie irgend etwas geschluckt hat. Das ist mir erzählt worden.«

»Sie waren noch nicht bei Ihrer Frau?«

»Nein, ich – ich hatte nicht den Mut dazu. Der Gedanke, sie tot vor mir . . .«

»Können Sie sich vorstellen, wie das passiert ist?«

»Ich hatte keine Ahnung«, beteuerte Parry. »Hätte ich nur etwas geahnt – aber woher hätte ich das wissen sollen?«

»Richtig«, stimmte Elvin zu. »Woher hätten Sie das wissen können?« Er wartete einen Augenblick, als rechne er mit einer Antwort. »Am besten erzähle ich Ihnen gleich, woran Ihre Frau unserer Meinung nach gestorben ist, Mr. Parry«, fuhr er dann fort. »Sie scheint eine Überdosis eines Schlafmittels eingenommen zu haben – offenbar ein Barbiturat namens Prembium. Hat sie oft Schlaftabletten genommen?«

»Nicht gerade oft, aber sie hat gelegentlich eine geschluckt.«

»Hießen sie Prembium?«

»Das kann ich nicht sagen. Ich weiß nur, daß Doktor Bossard sie ihr verschrieben hat.«

»Warum hat Ihre Frau unter Schlaflosigkeit gelitten?« fragte der Inspektor weiter.

»Das ist etwas zu dick aufgetragen!« widersprach Parry. »Nur weil sie gelegentlich eine Tablette genommen hat . . .« Er sprach nicht weiter, sondern sah von Elvin zu Quinn hinüber und schließlich auf seine Hände hinab.

»Ihre Frau hat heute nachmittag nicht nur eine Schlaftablette genommen, Mr. Parry«, erklärte der Inspektor ihm. »Sie hat eine tödliche Überdosis eingenommen. Ich versuche festzustellen, warum sie das getan hat. Und ich weiß, daß Sie mir dabei helfen wollen, nicht wahr?«

»Selbstverständlich. Aber ich kann mir auch keinen Grund dafür vorstellen.«

»Hat Ihre Frau in letzter Zeit Sorgen gehabt?« wollte Elvin wissen. »Schwere Sorgen, Mr. Parry? War sie deprimiert?«

Michael Parry rieb sich die Stirn. »Besorgt ist ein bißchen zuviel gesagt, aber sie war in letzter Zeit merkwürdig reizbar. Deswegen hielt ich es für eine ganz gute Idee, als sie davon sprach, ein paar Tage nach Wood Lake fahren zu wollen.«

»In eine Art Sanatorium?«

»Eher eine Schlankheitsfarm«, antwortete Parry. »Diät, Massagen, Saunabäder, kosmetische Behandlungen und so weiter.«

»Ist Ihre Frau oft dort gewesen?«

»Ja. Alle zwei bis drei Monate.«

»Und sie hat sich dort immer sehr gut erholt?« wollte der Inspektor wissen.

Parry schüttelte den Kopf. »Sie ist nicht aus Gesundheitsgründen nach Wood Lake gefahren. Meine Frau war immer gesund, sogar kerngesund.«

»Aber sie hat Schlaftabletten genommen«, wandte Elvin ein.

»Das tun heutzutage viele Leute«, stellte Parry fest. »Ich habe erst neulich gelesen, daß die Hälfte aller Engländer irgendwelche Mittel einnehmen.«

»Aber diese Leute begehen nicht gleich Selbstmord. Und das scheint Ihre Frau getan zu haben, nicht wahr?«

Parry sah hilfesuchend zu Quinn hinüber. »Könnte es nicht ein Unfall gewesen sein?«

»Das muß die Jury des Coroners entscheiden«, antwortete der Inspektor. »Ich bezweifle es jedoch. Ich kann mir nicht recht vorstellen, daß jemand nachmittags versehentlich eine Überdosis Schlaftabletten schluckt. Sie etwa?«

»Nein, eigentlich nicht.«

»Außerdem sind noch andere Faktoren zu berücksichtigen«, meinte Elvin geheimnisvoll. »Soviel ich gehört habe, waren Sie der Meinung, Ihre Frau werde erst abends zurückkommen. Stimmt das?«

»Ja. Ich wollte sie um zwanzig nach acht vom Bus abholen. Ich bin dann in Blandford geblieben, bis der nächste ankam.«

»Ihre Frau hat Ihnen nicht mitgeteilt, sie werde früher kommen?«

»Nein. Sie hat sich nicht mehr gemeldet, seitdem sie letzten Montag weggefahren ist.«

»Wo liegt Wood Lake?« fragte der Inspektor.

»Vier Meilen außerhalb von Woking.«

»Wie ist Ihre Frau dorthin gefahren?«

»Meistens hat sie ein Taxi nach Blandford genommen. Von dort aus konnte sie mit dem Bus nach Salisbury und mit dem Zug nach Woking weiterfahren. In Woking ist sie dann abgeholt worden.«

»Aha«, sagte der Inspektor. »Ist sie immer auf gleiche Weise zurückgekommen?«

»Ja. Ich habe sie allerdings meistens in Blandford abgeholt.«

»Haben Sie sie nicht manchmal selbst nach Wood Lake gefahren, Mr. Parry?«

»Ja, gelegentlich.«

»Aber diesmal nicht?«

»Nein«, gab Michael Parry zu. »Sie wollte lieber mit einem Taxi fahren.«

Elvin zog die Augenbrauen hoch. »Ich wollte, Sie würden ganz offen mit mir reden, Mr. Parry, um mir die Arbeit zu erleichtern und Ihnen Unannehmlichkeiten zu ersparen.«

»Ich rede ganz offen mit Ihnen, Elvin, das wissen Sie doch«, behauptete Parry.

»Dann beantworten Sie bitte meine Frage: Warum wollte Ihre Frau letzten Montag nicht von Ihnen nach Blandford gefahren werden?«

Parry zuckte mit den Schultern und sah wieder zu Quinn hinüber. »Welchen Unterschied macht das schon? Ändert das etwas an den Tatsachen?«

»Nein, natürlich nicht. Aber der Coroner wird mir viele Fragen stellen, Mr. Parry. Ich hoffe, daß ich sie mit Ihrer Hilfe beantworten können werde.«

»Aber ich sehe nicht ein, was . . .«

»Wir müssen feststellen, in welcher Gemütsverfassung Ihre Frau am Montag abgereist ist«, unterbrach Elvin ihn.

»Warum? Was nützt das? Das war vor Tagen!«

»Vielleicht hat sie in der Zwischenzeit darüber nachgedacht. Das wäre doch möglich, wenn Sie sich mit ihr gestritten hätten, nicht wahr?«

»Wir haben uns nie gestritten«, behauptete Parry. »Wir hatten gelegentlich Meinungsverschiedenheiten – aber das war bereits alles.«

»Hatten Sie am Montag vor ihrer Abreise eine Meinungsverschiedenheit mit ihr?« wollte der Inspektor wissen.

Parry nickte widerstrebend. »Wegen einer Kleinigkeit«, sagte er. »Kaum der Rede wert. Aber Frauen sind eben manchmal komisch. Ich hätte sie ohne weiteres nach Blandford fahren können.«

»Aber sie ist lieber mit dem Taxi gefahren. Warum?«

»Ich hatte vor dem Mittagessen einen Schluck getrunken, und sie hatte Angst, die Polizei könnte mich anhalten und pusten lassen.«

Das ist gelogen! dachte Quinn sofort. Deine Frau hat sich nicht gefürchtet, weil du nur einen Schluck getrunken hattest, sondern weil du völlig blau warst. Sie hatte keine Lust, ihr Leben aufs Spiel zu setzen, und ist deshalb mit einem Taxi gefahren.

Inspektor Elvin nickte zufrieden. »Gut, das ist also geklärt«, stellte er fest. »Ihre Frau ist weggefahren, Sie sind hiergeblieben, und es hat vorher keinen Streit gegeben. Stimmt das?«

»Ja.«

»Und Sie haben in der Zwischenzeit nichts mehr von Ihrer Frau gehört?«

»Nein.«

»War das normal?«

»Ja. Sie hat selten angerufen, wenn sie nur ein paar Tage fort war. Außerdem wußte sie, daß ich sie vom Bus abholen würde. Worüber hätten wir also sprechen sollen?«

»Aber Ihre Frau hat sich nicht an die Vereinbarung gehalten, Mr. Parry. Sie muß irgendwann heute nachmittag zurückgekommen sein. Können Sie sich einen Grund dafür vorstellen?«

»Nein, aber – sie muß sich die Sache anders überlegt haben.«

»Ohne Sie zu benachrichtigen?«

Parry zuckte hilflos mit den Schultern. »Vielleicht war ich weg, als sie angerufen hat.«

»Hätte sonst niemand einen Anruf entgegennehmen können?«

»Nach ein Uhr nicht mehr«, bestätigte Parry. »Mrs. Gregg, unsere Zugehfrau, kommt um neun und ist bis eins da.«

»Jeden Tag?«

»Nur sonntags nicht.«

»Mrs. Gregg hätte Ihnen doch bestimmt eine Mitteilung hinterlassen, wenn sie einen Anruf für Sie entgegengenommen hätte?« erkundigte der Inspektor sich.

»Ja, das hätte sie getan«, bestätigte Parry zögernd.

»Wir können also annehmen, daß kein Anruf gekommen ist. Mit anderen Worten – Ihre Frau hat nicht angerufen.«

»Sie kann es in der Zeit versucht haben, in der hier niemand war«, wandte Parry ein.

»Wann sind Sie zurückgekommen?«

»Gegen halb vier, glaube ich.«

»Das Haus hat also über zwei Stunden leergestanden?«

»Ja.« Parrys Gesicht hellte sich auf. »In dieser Zeit muß meine Frau angerufen haben!«

Inspektor Elvin schüttelte den Kopf. »Nein, Mr. Parry, das bezweifle ich sehr. Sie muß Wood Lake vor ein Uhr mittags verlassen haben, um nachmittags hier einzutreffen.«

»Aber sie könnte . . .«

»Ausgeschlossen, Mr. Parry! Denken Sie nur daran, wie oft sie unterwegs umsteigen mußte! Wenn sie beabsichtigte, früher als erwartet zurückzukommen, muß sie diesen Entschluß vor ein Uhr gefaßt haben – und um diese Zeit war Ihre Mrs. Gregg noch im Haus.« Elvin warf Parry einen prüfenden Blick zu. »Sind wir uns darüber einig?«

»Ja«, stimmte Parry etwas zu hastig zu. »Aber ich habe Ihnen bereits gesagt, daß ich mir das alles nicht erklären kann.«

»Das ist wirklich ein Problem«, meinte der Inspektor mit geheucheltem Verständnis. »Es muß sich jedoch lösen lassen, wenn wir die Sache richtig anpacken. Fangen wir also ganz vorne an. Wann sind Sie heute morgen aus dem Haus gegangen?«

»Gegen elf Uhr. Ich mußte ein paar Einkäufe machen ...« Parry beendete den Satz nicht.

»Sind Sie nach Blandford gefahren? Oder gibt es hier in der Nähe Geschäfte mit genügend Auswahl?«

»Ich war in Poole«, antwortete Parry. »Ich mußte zum Friseur, wissen Sie, und ich wollte mich rasieren lassen, weil Adele, nun, weil ich zivilisiert aussehen wollte, wenn meine Frau nach Hause kam.«

»Wie lange, Parry, sind Sie in Poole gewesen?« fragte der Inspektor.

»Ein paar Stunden. Ich war beim Friseur, habe Einkäufe gemacht und habe eine Kleinigkeit zu Mittag gegessen. Danach war ich noch ...«

Im Erdgeschoß klingelte das Telefon. Quinn hörte Sergeant Taylor sprechen. Elvin wartete geduldig und beobachtete Parrys Gesicht, bis unten aufgelegt wurde.

»Sind Sie anschließend wieder nach Hause gefahren, Mr. Parry?« erkundigte er sich dann.

»Nein. Ich war in einem Pub, habe ein paar Leute getroffen und bin mit ihnen ins Gespräch gekommen. Sie wissen ja selbst, wie das ist.«

»Natürlich«, stimmte Elvin zu. »In Gesellschaft guter Freunde verfliegt die Zeit förmlich, nicht wahr?«

Parry mußte die angedeutete Frage beantworten. »Diese Leute waren keine Freunde«, stellte er klar. »Ich hatte sie erst kennengelernt. Aber das ist in einem Pub leicht.«

»Ganz recht«, meinte Elvin. »Und wann haben Sie diesen Pub verlassen?«

»Gegen zwei Uhr, nehme ich an.«

»Und trotzdem sind Sie erst um halb vier nach Hause gekommen?« erkundigte sich der Inspektor erstaunt. »Irren Sie sich da nicht?«

»Ich weiß nicht, was Sie ...«

»Mr. Parry! Poole ist nur fünfzehn oder sechzehn Meilen von hier entfernt. Für diese Strecke können Sie doch nicht eineinhalb Stunden gebraucht haben?«

Michael Parry schüttelte irritiert den Kopf. »Wir kommen

vom Thema ab, Inspektor! Ich brauche Ihnen nicht zu erklären, wo ich jede Minute verbracht habe, und ich habe nicht die Absicht, Ihnen . . .«

»Nur Geduld, Mr. Parry!« unterbrach Elvin ihn. »Vorläufig geht es noch darum, ob Ihre Frau hier angerufen haben kann. Um das festzustellen, müssen wir eine Art Zeitplan aufstellen.«

Quinn fragte sich, ob Parry auf diesen Trick hereinfallen würde. Aber vielleicht merkte er gar nichts davon. Elvin war ein gerissener Bursche. Er legte es darauf an, Michael Parry in die Enge zu treiben.

»Was ich im Lauf des Tages getan habe, hat nichts mit dem zu schaffen, was meine Frau getan haben mag«, stellte Parry fest. »Aber wenn Sie es unbedingt wissen müssen – ich bin auf der Rückfahrt in Castle Lammering im Bird-in-Hand gewesen. Ich schätze, daß ich dort um zwanzig nach zwei eingetroffen bin. Genügt das, Inspektor?«

»Und wann haben Sie den Pub verlassen?«

»Kurz vor halb vier. Ich war um zwanzig vor vier zu Hause, das weiß ich genau.«

Inspektor Elvin nickte zufrieden. »Danke, Mr. Parry. Denken Sie jetzt bitte gut nach. Was haben Sie getan, als Sie das Haus betraten?«

»Ich bin geradewegs nach oben in dieses Zimmer gegangen.«

»Hat irgend etwas auf die Rückkehr Ihrer Frau hingedeutet?« fragte Elvin weiter.

»Nichts.«

»War das ihr Bett?« Der Inspektor zeigte auf die Hälfte, deren Decke herabgerissen war.

»Ja«, antwortete Parry ausdruckslos.

»Können Sie sich erinnern, ob es sich bereits in diesem Zustand befand?«

»Nein. Ich habe nicht darauf geachtet.«

»Aber Sie müssen doch . . .«, begann der Inspektor.

»Ich muß gar nichts!« unterbrach Parry ihn. »Ich weiß nicht, wie das Bett ausgesehen hat. Ich hatte einen Schluck getrunken und wollte mich nur ein bißchen hinlegen. Ist das etwa verboten?«

»Selbstverständlich nicht, aber ...«

»Ich bin gar nicht auf die Idee gekommen, meine Frau könnte zu Hause sein«, fuhr Parry fort. »Woher sollte ich wissen, daß sie sich die Sache anders überlegt hatte?«

»Ganz recht«, stimmte Inspektor Elvin zu. »Sie haben sich also aufs Bett gelegt und sind eingeschlafen, nicht wahr?«

»Ja. Ich war sofort weg.«

»Und Sie sind nicht gestört worden?«

»Nein«, antwortete Parry. »Ich bin erst aufgewacht, als Miss Stewart und Mr. Quinn angekommen sind. Die beiden haben mich aus dem Bett geklingelt.«

»Wann war das?«

»Um halb acht.«

»Sie haben also fast vier Stunden geschlafen?«

»Ist das etwa ein Verbrechen?« erkundigte Parry sich.

Elvin lächelte entschuldigend. »Ich habe nicht von einem Verbrechen gesprochen. Ich versuche nur festzustellen, wann Ihre Frau nach Hause gekommen sein kann. Welches Gepäck hat sie am Montag mitgenommen?«

»Einen Koffer.«

»Ist er wieder hier?«

»Nein. Er war nicht unten und ... er scheint auch nicht hier zu sein.«

»Hätte sie ihn normalerweise mit ins Schlafzimmer genommen, um ihn auszupacken?« fragte der Inspektor.

»Ja.«

»Wo würde der leere Koffer aufbewahrt?«

»In einer Kammer, in der unsere leeren Koffer stehen.«

»Dort können wir anschließend nachsehen«, meinte Elvin. »Haben Sie etwas dagegen, wenn ich dieses Zimmer durchsuche, Mr. Parry?«

»Nein, natürlich nicht! Warum sollte ich etwas dagegen haben?«

Quinn und Parry beobachteten, wie Elvin unter das Doppelbett, hinter den Toilettentisch und in den Einbauschrank sah. Michael Parry wirkte nicht sonderlich interessiert. Er wachte erst auf, als der Inspektor die rechte Kleiderschranktür zurückschob.

»He, da ist ja der Koffer!« rief er aus. »Der Koffer meiner Frau! Was tut er im Kleiderschrank?«

Inspektor Elvin holte ihn heraus, legte ihn auf den Boden und öffnete ihn. »Hmmm«, meinte er verblüfft, »Ihre Frau scheint nicht einmal begonnen zu haben, ihren Koffer auszupacken!« Er deutete auf die sorgfältig zusammengelegten Kleidungsstücke unter den beiden Haltebändern. »Dieser Fall wird immer geheimnisvoller«, fuhr er dann fort. »Ihre Frau ist anscheinend nach Hause gekommen, hat den Koffer in diesen Schrank gestellt und hat sich aufs Bett gelegt. Unerklärlich, nicht wahr?«

»Ich sage lieber nichts mehr«, antwortete Parry. »Ihnen ist nicht damit geholfen, wenn ich Ihnen versichere, wie verwirrt ich bin.« Dabei starrte er den Koffer an.

»Das ist nur begreiflich«, stimmte Elvin zu, »denn Ihre Frau hat sich äußerst merkwürdig benommen, um es mild auszudrükken. Einige Zeit später scheint sie aufgestanden zu sein, sich ein Glas Cognac mit einem Schlafmittel geholt zu haben und damit ins Kinderzimmer gegangen zu sein. Und dort muß sie eine tödliche Überdosis geschluckt haben. Falls jemand eine Erklärung dafür weiß, höre ich sie mir gern an.«

Quinn schwieg, aber Parry antwortete: »Mich dürfen Sie nicht fragen. Ich habe keine Ahnung. Ich begreife das alles nicht.«

»Warum sollte Ihre Frau heimlich nach Hause kommen, um Selbstmord zu begehen?« meinte Elvin verständnislos. »Das hätte sie doch auch in Wood Lake tun können?«

»Vielleicht hatte sie die Schlaftabletten zu Hause vergessen«, erwiderte Parry zögernd.

»Dann wäre sie also zurückgekommen, um Selbstmord zu begehen?« Der Inspektor schüttelte den Kopf und bückte sich über den Koffer, als suche er etwas. Dann richtete er sich wieder auf. »Für einen Selbstmörder ist das ein atypisches Verhalten. Die meisten Selbstmorde geschehen impulsiv. Werden die Leute durch irgend etwas daran gehindert, versuchen sie es nicht sofort wieder.«

»Sie behaupten also . . .«

»Ich behaupte gar nichts«, warf Elvin ein. »Ich denke nur laut. Ihre Frau hatte genug Zeit, um sich die Sache zu überlegen.

Außerdem glaube ich, daß sie ihre Schlaftabletten mitgenommen hat, wenn sie gelegentlich eine nehmen mußte.«

Michael Parry setzte sich auf die Bettkante. »Jetzt begreife ich nichts mehr«, sagte er tonlos. Dann sah er zu Quinn hinüber. »Warum stehen Sie wie ein Ölgötze herum? Warum sagen Sie nicht auch etwas? Oder haben Sie Angst davor, den Mund aufzumachen?«

»Ich mische mich nie in polizeiliche Ermittlungen ein«, erklärte Quinn ihm. »Außerdem bin ich gewarnt worden, den Mund zu halten.«

Inspektor Elvin warf ihm einen gekränkten Blick zu. »Nicht gewarnt, sondern nur gebeten, Mr. Quinn. Ein Mann mit Ihrer Erfahrung müßte wissen, daß eine dreiseitige Diskussion meistens nur ins Uferlose führt.« Elvin war inzwischen auf einen der Nachttische zugegangen, bückte sich und holte etwas darunter hervor. Als er sich aufrichtete, hielt er einen bedruckten Plastikbeutel in der Hand. »Gehört er Ihnen?« fragte er Parry.

»Ja. Meine Hemden stecken in solchen Beuteln, wenn sie aus der Wäscherei kommen.«

»Richtig – hier steht der Name einer Wäscherei in Blandford«, stimmte der Inspektor zu. »Wissen Sie, wie der Beutel hinter den Nachttisch gekommen ist?«

»Nein. Wahrscheinlich ist er zu Boden gefallen, als ich ein frisches Hemd angezogen habe.« Parry stand irritiert auf. »Welchen Unterschied macht das schon? Ich begreife Ihre Fragen nicht, Inspektor. Solche billigen Plastikbeutel werden von Tausenden von Wäschereien benützt. Warum interessieren Sie sich dafür, wie meine Hemden eingepackt sind?«

»Weil ich neugierig bin«, antwortete Elvin. »Darf ich den Beutel behalten?«

»Natürlich! Sie können noch ein Dutzend haben, wenn Sie sie sammeln.« Parry lachte humorlos. »Wollen Sie noch etwas wissen?«

»Ist Ihre Frau in letzter Zeit bei einem Psychiater in Behandlung gewesen?«

Michael Parry kniff die Augen zusammen. »Nicht daß ich wüßte«, antwortete er vorsichtig.

»Das ist keine zufriedenstellende Antwort, Mr. Parry. Hätten Sie davon gehört, wenn Ihre Frau zu einem Psychiater gegangen wäre?«

Parry winkte ungeduldig ab. »Wenn meine Antwort nicht zufriedenstellend war, ist Ihre Frage ausgesprochen dämlich. Hat meine Frau mir anvertraut, daß sie Selbstmord begehen wollte? Hat sie mir verraten, daß sie etwas so Schreckliches vorhatte? Hat sie überhaupt jemals im geringsten Rücksicht auf mich genommen und Achtung vor mir gezeigt? So, jetzt können Sie sich aus diesem Haufen etwas aussuchen.«

»Das werde ich auch tun, Mr. Parry«, antwortete der Inspektor gelassen. »Als erstes drängt sich einem natürlich der Gedanke auf, daß Sie und Ihre Frau keine sehr glückliche Ehe geführt haben können. Ist das richtig?«

»Hätte sie Selbstmord begangen, wenn sie glücklich gewesen wäre?« lautete Parrys Gegenfrage. »Wenn Sie nichts dagegen haben, gehe ich jetzt hinunter und esse eine Kleinigkeit. Ich habe seit mittags nichts mehr gegessen und bin verdammt hungrig.« Er verließ den Raum und schloß die Tür energischer als unbedingt notwendig.

»Die Geste des kleinen Mannes angesichts unbestreitbarer Autorität«, meinte Quinn. »Kann ich jetzt gehen?«

»Wohin?« fragte Elvin geistesabwesend.

»Ich möchte endlich den Drink, von dem Sie mich vorhin abgehalten haben.«

»Den hätten Sie längst bekommen, wenn Sie sich nicht von Parry hätten überreden lassen, ihm hier Gesellschaft zu leisten. Warum haben Sie das getan?«

»Hauptsächlich Ihretwegen, Inspektor. Ich wollte dabeisein, falls Parry offenkundig log, wozu er allen Grund gehabt hätte, wenn er für den Tod seiner Frau verantwortlich wäre.«

Inspektor Elvin nickte langsam. »Sie sind ein einfallsreicher Mann, Mr. Quinn. Wie würden Sie jemand dazu bringen, eine tödliche Dosis Barbiturat zu schlucken?«

»Das ist vielleicht nicht einmal schwierig. Falls das Zeug keinen oder nur wenig Eigengeschmack hat, würde ich es der Dame in den Cognac schütten.«

»Wissen Sie, ob Pembrium einen starken Eigengeschmack hat?«

»Nein. Warum fragen Sie nicht einfach Doktor Bossard?«

»Das habe ich vor, Mr. Quinn«, versicherte Elvin ihm. Er faltete den Plastikbeutel zusammen, betrachtete ihn nachdenklich und fragte: »Erinnern Sie sich an die im Fernsehen ausgestrahlte Warnung des Gesundheitsministeriums, Plastikbeutel außer Reichweite von Kindern und Haustieren aufzubewahren?«

»Ja«, antwortete Quinn, »und ich weiß auch, worauf Sie hinauswollen. Sie glauben, daß ein Plastikbeutel nützlich gewesen wäre, wenn Adele Parry zu lange zum Sterben gebraucht hätte.«

Der Inspektor lächelte vorsichtig. »Und was halten Sie davon?«

»Ich weiß nicht, ob Sie recht haben. Das hängt davon ab, ob Mrs. Parrys Tod Vorteile mit sich brachte. Sie hatte den Daumen auf dem Geld – und sie war reich. Ihr Testament liest sich bestimmt interessant.«

»Hat Parry kein eigenes Vermögen?«

»Nein, soviel ich weiß, war er völlig von seiner Frau abhängig«, erwiderte Quinn. »Ich habe mich auf der Fahrt hierher mit Miss Stewart über die Parrys unterhalten. Daß Michael Parry auf das Geld seiner Frau angewiesen war, scheint allgemein bekannt zu sein.«

»Hat er denn keinen Beruf?«

»Er ist angeblich Schriftsteller, aber davon kann er nicht leben.«

»Hmmm«, meinte Elvin, »eine interessante Situation mit großen Möglichkeiten . . .«

»Eine davon drängt sich einem förmlich auf«, stimmte Quinn zu. »Ich stelle mir vor, daß Mrs. Parry ihren Mann heute morgen angerufen hat, bevor die Zugehfrau im Haus war. Sie muß ihm erklärt haben, zwischen ihnen sei alles aus; entweder hatte sie einen anderen gefunden oder wollte nur nicht mehr mit ihm zusammenleben. Michael Parry hat daraufhin . . .«

». . . beschlossen, dafür zu sorgen, daß sie nicht ohne ihn weiterleben konnte«, warf der Inspektor ein.

Quinn erinnerte sich an Parrys Gesichtsausdruck, als er ihnen die Tür geöffnet hatte: Der Mann hatte verschlafen und leicht benommen gewirkt – aber nicht wie jemand, der eben seine Frau ermordet hat. Und trotzdem mußte er zu Hause gewesen sein, als sie starb!

»Vielleicht war es doch anders«, meinte Quinn. »Kann sie nicht zurückgekommen sein und ihn betrunken vorgefunden haben? Wenn wir voraussetzen, daß sie mit ihrer Nervenkraft am Ende war, könnte dieser Anblick sie dazu gebracht haben, Selbstmord zu begehen. Was ergibt sich daraus für Michael Parry?«

»Wie soll ich das verstehen?« fragte Inspektor Elvin zweifelnd.

»Michael Parry wacht mit einem Kater auf, sieht seine Frau neben sich und stellt fest, daß sie nicht nur schläft. Das ist ein ziemlicher Schock für ihn, weil er sich ausrechnen kann, daß er verdächtigt werden wird. Während er noch darüber nachdenkt, klingelt es unten. Parry reagiert zunächst gar nicht, weil er hofft, daß es sich um einen zufälligen Besucher handelt, der wieder wegfahren wird. Aber es klingelt wieder, und er hört Miss Stewarts Stimme. Nun bekommt er es verständlicherweise mit der Angst zu tun. Was würden Sie an seiner Stelle unternehmen, Inspektor?«

»Ich glaube nicht, daß ich jemals in diese Lage komme«, meinte Elvin, »denn meine Frau ist nicht reich. Bitte weiter, Mr. Quinn.«

»Michael Parry hat nicht mit Wochenendgästen gerechnet oder sie zumindest erst später erwartet. Er braucht jetzt Zeit, um sich die nächsten Schritte zu überlegen – was er nicht kann, wenn die Gäste hereinplatzen und Adele sterbend vorfinden. Er muß sie also irgendwo unterbringen, wo sie nicht gefunden wird, bis er weiß, wie er die Leiche beseitigen kann.«

»Sie behaupten also, er habe sie sterben lassen, ohne ihr zu helfen«, stellte Elvin fest. »Eine unterlassene Hilfeleistung ist in diesem Fall einem Mord gleichzusetzen.«

»Wir wissen nicht, ob sie noch eine Chance gehabt hätte«, wandte Quinn ein. »Aber nehmen wir einmal an, es wäre so gewesen – welche Anklage ließe sich dann gegen ihn erheben?

Wie könnten Sie beweisen, daß Adele Parry noch zu retten gewesen wäre?«

»Mit der letzten Frage sind auch alle anderen beantwortet«, gab Elvin zu. »Das könnte ich nicht beweisen.« Er war an den Nachttisch getreten, hinter dem er den Plastikbeutel gefunden hatte. Jetzt bückte er sich, um die Glasplatte näher zu betrachten. »Hier hat ein nasses Glas gestanden«, sagte er und streckte die Hand aus. »Der Ring ist noch feucht und klebrig – folglich kann es kein Glas Wasser gewesen sein.«

»Das bestätigt meine Theorie. Sie hat ihren Cognac mit Pembrium getrunken, hat das Glas auf den Nachttisch gestellt und ist eingeschlafen. Als Michael Parry aufwachte, war sie entweder schon tot oder im Koma. Deshalb hat er sie ins Kinderzimmer getragen, in das sonst niemand kommt, und ihr Glas und den Koffer aus dem Weg geräumt, weil er hoffte, dadurch erst einmal Zeit zu gewinnen. Das klingt logisch, nicht wahr?«

Inspektor Elvin nickte langsam. »Sie mögen recht haben – aber ich bin mit dieser Erklärung nicht zufrieden. Parry konnte die Leiche seiner Frau nicht ewig verstecken. Dieser Versuch, ihren Tod geheimzuhalten, mußte seine Lage schließlich nur verschlimmern.«

»Er hätte die Leiche nur aus dem Haus schaffen müssen«, behauptete Quinn. »Dann hätte er angeben können, seine Frau seit ihrer Abreise nach Wood Lake nicht mehr gesehen zu haben. Und Sie hätten jemand finden müssen, der Adele Parry nach Haus gefahren hat.«

Elvin nickte. »Das wäre praktisch unmöglich gewesen, falls Parry sie selbst abgeholt hat. Damit sind wir also wieder bei der alten Frage: Mord oder Selbstmord?« Der Inspektor zuckte mit den Schultern. »Bisher sind beide Möglichkeiten offen. Ich verstehe nur zwei Punkte nicht. Der erste betrifft Mrs. Parrys Schuhe.«

»Was ist mit ihnen?«

»Sie hat sie wahrscheinlich ausgezogen, bevor sie sich aufs Bett legte – falls sie Selbstmord begangen hat. Oder ihr Mann hat sie ihr ausgezogen, als er sie ins Kinderzimmer schleppte, weil er Kratzer auf dem Parkett vermeiden wollte.«

»Und?«

»Jedenfalls hat er ihre Schuhe ins Kinderzimmer gestellt. Aber warum so sorgfältig? Ist Ihnen aufgefallen, wie genau ausgerichtet die beiden Schuhe am Fußende des Bettes nebeneinanderstehen?«

»Ja, das ist mir aufgefallen«, stimmte Quinn zu, »aber ich habe es für nicht weiter wichtig gehalten.«

»Vielleicht ist es auch nicht weiter wichtig. Der zweite Punkt betrifft die Entdeckung der Leiche durch Mrs. Ford. Wie konnte es dazu kommen? Angeblich hat doch sonst nie jemand das Kinderzimmer betreten.«

»Ich nehme an, daß die Tür etwas offen war«, antwortete Quinn. »Sie wird wohl aus Neugier einen Blick ins Kinderzimmer geworfen haben.«

»Warum sollte die Tür offen sein, wenn der Raum nie benützt wird?«

»Das müssen Sie Mrs. Ford fragen.«

»Das tue ich noch!« versicherte Elvin ihm. Er horchte nach draußen, wo ein Auto den Hügel heraufkam. »Das muß der Leichenwagen sein. Holen Sie sich jetzt Ihren Drink, Mr. Quinn. Wir unterhalten uns später weiter. Sie übernachten doch hier?«

»Das hängt ganz von Parry ab«, antwortete Quinn. »Ich weiß nicht, ob er noch auf Gäste Wert legt.«

»Ich glaube, daß es ihm darauf ankommt, nicht in diesem Haus allein sein zu müssen«, meinte Elvin. »Reden Sie also nicht davon, daß Sie lieber abreisen würden. Sie könnten mir nämlich helfen, indem Sie Augen und Ohren offenhalten.«

»Ich soll also den Spitzel spielen?«

»Ja, wenn Sie es so ausdrücken wollen«, gab der Inspektor zu. »Sie sind sich wohl darüber im klaren, daß es Ihre Pflicht ist, unsere Ermittlungen zu unterstützen?«

»Aber es ist nicht meine Pflicht, Parry zu bespitzeln.«

»Das ist eine voreilige Schlußfolgerung, Mr. Quinn«, erwiderte Elvin. »Niemand behauptet, Parry habe seine Frau ermordet oder auch nur ihre Leiche versteckt. Indem Sie in Elm Lodge bleiben, tun Sie ihm vielleicht einen großen Gefallen. Und ich würde Sie selbstverständlich ins Vertrauen ziehen . . .«

Inspektor Elvin schien zu glauben, damit sei bereits alles gesagt. Er verließ den Raum, ohne sich noch einmal umzusehen.

Quinn blieb im Schlafzimmer zurück. Er trat ans Fenster. Unten vor dem Haus hielt der Leichenwagen. Quinn hörte Stimmen, Schritte kamen die Treppe herauf, eine andere Stimme kam aus dem Kinderzimmer . . .

Es dauerte nicht lange, bis die Schritte wieder an der Tür vorbeikamen. Quinn hörte einen Mann sagen: »Langsam! Vorn etwas höher. Okay, ich hab's.« Dann erschienen zwei Männer vor der Haustür, schoben einen Sarg in den Leichenwagen, stiegen vorn ein und fuhren davon. Quinn wandte sich vom Fenster ab.

Im Erdgeschoß klingelte das Telefon. Wenig später kam Inspektor Elvin ins Schlafzimmer zurück. »Haben Sie sich noch immer keinen Drink genehmigt?« erkundigte er sich.

»Ich brauche keinen«, antwortete Quinn. »Ich habe mir die Sache anders überlegt.«

»Vielleicht brauchen Sie doch einen, wenn Sie die letzten Neuigkeiten aus Wood Lake hören«, sagte der Inspektor. »Mrs. Parry ist diese Woche nicht dort gewesen. Sie ist vor etwa zwei Monaten zum letztenmal in Wood Lake gewesen. Erstaunlich, nicht wahr? Wenn wir nur wüßten, wo sie sich in den letzten Tagen aufgehalten hat! Das wäre interessant, sogar sehr interessant...«

7

Als Quinn nach unten kam, sprachen Parry und Ford am Kamin miteinander. Carole war in der Küche und machte Sandwiches. Er blieb an der Tür stehen und beobachtete sie. Carole wirkte älter, ernsthafter und gar nicht mehr wie die junge Frau mit dem ansteckenden Lächeln, die er auf Charlie Hinchcliffes Party kennengelernt hatte. Er konnte sich nicht mehr vorstellen, warum er versucht hatte, sie zu küssen. Das war dumm gewesen. Hätte er gewußt, daß Carole früher mit einem Mann zusammengelebt hatte, hätte er das nicht getan. Schließlich brauchte es nicht bei diesem einen Mann geblieben zu sein, nicht wahr?

Nein, damit tust du ihr unrecht, sagte Quinn sich. Sie ist kein Flittchen. Sie hat dich hierher eingeladen, um während ihres Aufenthalts in Elm Lodge vor Bossard sicher zu sein. Ich gebe ihr die Möglichkeit, ihn auf Armeslänge fernzuhalten. Folglich muß er ihr viel bedeuten, ohne daß sie es ihm zeigen will ...

Quinns Gedanken wandten sich plötzlich einem anderen Thema zu. Adele hat niemand etwas bedeutet, dachte er. Bossards Benehmen angesichts der Toten ist mir merkwürdig vorgekommen – sein Gesichtsausdruck war nicht richtig –, aber das erklärt alles. Er hat erleichtert gewirkt, als habe ihr Tod eine Last von ihm genommen. Auch Ariadne Wilkinson war nicht sonderlich bekümmert. Neil Ford hat nicht einmal versucht, Trauer zu heucheln. Carole war nachdenklich und schweigsam – aber auch sie hat ihrer Freundin keine Träne nachgeweint.

Und Michael Parry? Er hat sich nicht wie ein Mann benommen, der eben seine Frau verloren hat. Er hat nur eine gewisse Angst verraten, die ein Dutzend Ursachen haben kann. Weder seine Stimme noch sein Blick haben erkennen lassen, daß er um Adele trauert.

Dann bleibt also nur Irene Ford. Sie hat auf ihre Entdeckung mit einem hysterischen Anfall reagiert, aber das war bei einer Neurotikerin ihres Typs nicht anders zu erwarten. Wahrscheinlich hätte sie ähnlich reagiert, wenn sie die Leiche einer Fremden gefunden hätte. Das ist kein Beweis für ihre Zuneigung ihrer Schwägerin gegenüber. Aber nicht jede Frau hätte gleich so gekreischt ...

Carole sah von der Arbeit auf und lächelte gezwungen. »Hallo! Sie sind lange oben gewesen. Hat der Inspektor Sie gründlich ausgefragt?«

»Er hat eben erst angefangen«, stellte Quinn fest. »Vorläufig ist noch alles offen. Wie geht's Mrs. Ford?«

»Doktor Bossard ist bei ihr. Er hat ihr ein Beruhigungsmittel gegeben und glaubt, daß sie sich bis morgen früh einigermaßen erholen wird. Aber sie wird lange brauchen, um ihren Schock ganz zu überwinden.«

»Das ist zu erwarten«, stimmte Quinn zu. »Und wie fühlen Sie sich?«

»Oh, mir geht's soweit gut«, behauptete Carole. »Jedenfalls viel besser, als wenn ich Adele entdeckt hätte.«

»Danach wollte ich Sie übrigens noch fragen«, sagte er. »Hat Mrs. Ford Ihnen erzählt, warum sie ins Kinderzimmer gegangen ist? Soviel ich weiß, ist es doch sonst nie betreten worden.«

»Im Kinderzimmer hat Licht gebrannt«, antwortete Carole. »Das ist ihr aufgefallen, als sie nach unten gehen wollte. Die Tür war nur angelehnt. Das hat sie natürlich neugierig gemacht ...«

»Wäre es nicht schon dunkel gewesen, hätte sie das Licht nicht gesehen«, warf Quinn ein.

»Richtig«, stimmte Carole zu. »Ich verstehe nur nicht, warum Adele überhaupt Licht gemacht hat.«

»Ich auch nicht. Und Inspektor Elvin dürfte sich die gleiche Frage stellen.«

»Vielleicht weiß Michael einen Grund dafür«, schlug Carole vor.

Quinn fragte ihn danach. Michael Parry konnte sich keinen vorstellen; er wirkte auch nicht sonderlich interessiert. Aber Neil Ford bauschte diese Frage in seiner aggressiven Art auf, indem er sagte: »Ich habe selbst gehört, daß meine Frau davon gesprochen hat, die Tür des Kinderzimmers habe einen Spalt breit offengestanden – aber ich sehe nicht ein, was das Sie angeht!«

»Ich dachte, wir wollten das Kriegsbeil begraben?« erkundigte Quinn sich. »Ich habe übrigens nur Inspektor Elvin zitiert. Er interessiert sich ...«

»Dann soll er selbst danach fragen. Finden Sie nicht auch, daß Sie hier überflüssig sind, Mr. Quinn?«

Carole kam mit Kaffee und den Sandwiches aus der Küche. »Suchst du schon wieder Streit, Neil?« fragte sie.

»Ich wollte damit nur sagen, daß es wohl besser wäre, keine Fremden im Haus zu haben.«

»Mr. Quinn ist kein Fremder«, stellte Carole fest. »Ich habe ihn eingeladen, er kann nichts dafür, daß das alles passiert ist.«

»Ich will keinen Streit«, warf Michael Parry ein, »und außerdem entscheide ich, wen ich im Haus behalte.«

»Danke, ich weiß, was du meinst!« antwortete Ford erregt. »Sobald Irene sich etwas erholt hat, fahren wir ab.«

Parry schüttelte den Kopf. »Unsinn! Ich will niemand hinausekeln. Können wir uns nicht endlich wie zivilisierte Menschen benehmen?«

»Inspektor Elvin möchte, daß ich bleibe«, behauptete Quinn. »Anscheinend werde ich bei der Gerichtsverhandlung zur Feststellung der Todesursache gebraucht.«

»Alle bleiben bis dahin hier«, entschied Parry. »Ich nehme an, daß die Verhandlung nicht vor Montag stattfindet.«

»Ich muß am Montagmorgen nach Ringwood ins Geschäft zurück«, sagte Ford. »Aber ich werde ohnehin nicht gebraucht. Irene hat Adele gefunden. Eine merkwürdige Sache, nicht wahr?«

»Wie meinst du das?« fragte Michael Parry.

»Können wir darüber nicht später reden?« warf Carole ein. »Der Kaffee wird sonst kalt.«

»Nein!« Parry starrte Ford herausfordernd an. »Worauf willst du hinaus?«

Ford zuckte mit den Schultern. »Ich habe nur an etwas gedacht, das schon allen aufgefallen ist: Adele muß nachmittags im Haus gewesen sein – und du hast nichts davon gewußt.«

Parry kniff die Augen zusammen. »Willst du etwa das Gegenteil behaupten?«

»Nein, natürlich nicht! Aber wenn du nur daran gedacht hättest, einen Blick ins Kinderzimmer zu werfen ...«

»Ich habe es aber nicht getan. Ich habe geschlafen, bis Carole und Mr. Quinn angekommen sind. Adele sollte erst abends zurückkommen. Warum hätte ich also ausgerechnet im Kinderzimmer nachsehen sollen? Ich ...«

»Schon gut, reg dich nicht auf!« unterbrach Ford ihn. »Ich wollte mich nur nützlich machen.«

»Das könntest du besser, indem du dich um deine Frau kümmerst«, stellte Parry fest.

Neil Ford holte tief Luft. »Und du hättest dich lieber um deine kümmern sollen!« stieß er hervor. Aber dann nahm er seine Behauptung sofort wieder zurück. »Entschuldige, Michael«, murmelte er betroffen, »das hätte ich nicht sagen dürfen. Aber wir sind alle mit den Nerven herunter, und ich habe . . .« Er machte eine verlegene Pause. »Vielleicht sehe ich jetzt doch nach Irene.«

»Frag sie, ob sie etwas essen will«, rief Carole ihm nach. »Und sag Doktor Bossard, daß es unten Kaffee gibt.« Als Ford die Treppe hinaufgelaufen war, sah sie zu Parry hinüber. »Wie hast du es nur fertiggebracht, dich so zu beherrschen?«

Michael Parry lächelte schwach. »Ich wollte ihm schon einen Kinnhaken verpassen, aber was hätte das genützt? Komm, wir trinken lieber eine Tasse Kaffee und denken nicht mehr an Adeles Verwandte. Ich habe einen Bärenhunger, kann ich dir sagen!« Er wandte sich an Quinn. »Und wie steht's mit Ihnen?«

»Danke, ich möchte nur eine Tasse Kaffee«, antwortete Quinn.

Michael Parry schien zu erraten, was Quinn dachte, denn er fuhr fort: »Ich möchte Ihnen noch etwas sagen. Wahrscheinlich geht es Sie nichts an, aber . . .«

»Dann will ich es nicht hören«, wehrte Quinn ab.

». . . aber ich muß es Ihnen trotzdem sagen. Ich habe meine Fehler und Schwächen, aber niemand kann mir vorwerfen, ich sei ein Heuchler. Und ich will auch jetzt nicht damit anfangen. Verstehen Sie, was ich meine?«

Quinn nickte wortlos.

»Ich kann nicht behaupten, vor Schmerz fassungslos zu sein«, fuhr Parry fort. »Das Ganze ist schrecklich, es tut mir leid, aber das ist schon alles. Ich will diese Sache nur möglichst schnell hinter mich bringen, um dann zu verschwinden. Was ich bin, verdanke ich Adele. Niemand weiß, wie . . .«

»Laß den Unsinn!« wies Carole ihn zurecht. »Das würdest du nicht sagen, wenn du nüchtern wärst. Wer dir zuhört, muß auf komische Gedanken kommen.«

»Er ist nüchtern«, warf Quinn ein. »Lassen Sie ihn nur reden. Dadurch verschlimmert sich seine Lage nicht mehr.«

Parry nickte Carole zu. »Siehst du? Ich soll Adele ermordet haben. Nur weil ich nicht weiß, wie sie nach Hause gekommen ist, soll ich sie beseitigt haben.«

»Blödsinn!« widersprach Carole. Sie sah zu Quinn hinüber. »Habe ich recht?«

»Ich weiß nur, daß der Inspektor nicht mit Mr. Parrys Darstellung der Ereignisse dieses Nachmittags zufrieden ist. Mrs. Parry scheint nach ihrer Rückkehr auf ihrem Bett gelegen zu haben. Da sie im Kinderzimmer gefunden wurde, nimmt Elvin an, sie sei dorthin geschafft worden, damit sie nicht vorzeitig entdeckt werden konnte.«

Michael Parry hatte nach einem Sandwich greifen wollen; jetzt ließ er die Hand sinken. »Siehst du, wie alles zusammenpaßt? Ich war allein zu Hause, folglich muß ich der Täter sein. Ich habe Adele ermordet oder ihr zumindest nicht geholfen. Such dir aus, was dir besser gefällt, Carole.«

»Schrecklich«, murmelte sie ausdruckslos. »Stimmt das alles?«

»Ja, die Polizei stellt solche Überlegungen an«, gab Quinn zu.

»Hat der Inspektor gesagt, daß er Michael für Adeles Tod verantwortlich hält?«

»Nicht ausdrücklich«, gab Quinn zu. »Das war nur eine von mehreren Möglichkeiten, die erwähnt wurden. Elvin muß noch lange ermitteln, bevor er genau sagen kann, was sich heute nachmittag hier ereignet hat.«

»Lassen wir Inspektor Elvin aus dem Spiel«, forderte Carole ihn auf. »Sie wissen bestimmt nicht weniger als er. Was halten Sie davon?«

Eine peinliche Frage, dachte Quinn, und Carole läßt sich nicht mit Ausflüchten abspeisen. Von Basingstoke nach Castle Lammering sind es ungefähr sechzig Meilen. Bei einem Schnitt von vierzig hätte sie für die Hin- und Rückfahrt etwa drei Stunden gebraucht. Dazu kommt noch die hier notwendige Zeit. Aber das wäre alles möglich gewesen, weil ich bis Viertel nach fünf nachmittags geschlafen habe. Carole kann gewußt haben, daß Adele nach ein Uhr nach Hause kommen würde, sie kann hier aufgetaucht sein und ihr ein Schlafmittel in den Cognac geschüttet haben; wenn sie das Haus verlassen hat, bevor Michael Parry gegen halb vier zurückkam, kann sie mir gerade noch den Kaffee gekocht haben, mit dem sie mich dann geweckt hat ...

»Ich finde, daß es noch zu früh ist, um Schlußfolgerungen zu ziehen«, antwortete Quinn. »Ich glaube Mr. Parry, wenn er sagt, daß er nichts von der Rückkehr seiner Frau gewußt hat.«

»Das ist nicht viel«, meinte Parry, »aber es ist immerhin besser als Inspektor Elvins Meinung. Wenn es nach ihm ginge, würde er mich gleich einsperren.«

»Du irrst dich bestimmt«, wandte Carole ein. »Du bist nur deprimiert, weil du einen anstrengenden Tag hinter dir hast. Iß eine Kleinigkeit und geh ins Bett. Morgen sieht alles anders aus.«

»Danke«, antwortete Michael. »Ich bin froh, daß ihr beiden hier seid. Hoffentlich . . .« Er sprach nicht weiter, als er Dr. Bossard die Treppe herunterkommen sah, sondern setzte sich mit seinem Kaffee und einigen Sandwiches an den Kamin. Er kehrte dem Arzt den Rücken zu.

Quinn konzentrierte sich auf Carole. Er fand es widerlich, so von ihr zu denken, aber diese Überlegungen drängten sich ihm förmlich auf: Sie hat dich als Alibi benützt. Sie hat sich auf Charlie Hinchcliffes Party nach irgendeinem Idioten umgesehen, der mit ihr nach Hause käme. Sie war vermutlich sogar bereit, mit ihm ins Bett zu gehen – sobald er einen mit Pembrium versetzten Cognac getrunken hatte, der dafür sorgen sollte, daß er bis zum nächsten Nachmittag schlief . . .

Dr. Bossard lächelte Carole zu. »Bekomme ich noch eine Tasse Kaffee, bevor ich fahre?«

»Natürlich, Doktor!« antwortete sie bereitwillig.

Die beiden unterhielten sich, während Bossard seinen Kaffee trank, Michael Parry allein am Kamin hockte und Quinn über die dunkelhaarige junge Frau nachdachte, deren Lächeln seinen Zynismus besiegt hatte. Dann verabschiedete sich der Arzt. Carole begleitete ihn zur Tür. Michael Parry murmelte irgend etwas, das man für »Gute Nacht!« halten konnte, und Quinn ergriff plötzlich die Initiative.

»Darf ich Ihnen noch eine Frage stellen, bevor Sie gehen, Doktor?«

Dr. Bossard drehte sich langsam nach ihm um. »Selbstverständlich – wenn Sie mich nicht zu lange aufhalten.«

»Nur eine kurze Frage, Doktor. Können Sie jetzt ungefähr sagen, wann Mrs. Parry gestorben ist?«

Carole zog die Augenbrauen hoch. Dr. Bossard war sichtlich erstaunt. Nur Michael Parry zeigte keine Reaktion.

»Tut mir leid, aber darüber kann ich vorläufig nicht sprechen«, wehrte der Arzt ab.

»Warum nicht? Hat Inspektor Elvin Ihnen das verboten?«

»Nein. Ich halte es nur für wenig angebracht, solche Dinge zu diskutieren, die doch nur unerfreulich sind.«

»Für wen, Doktor? Ich habe die Tote nicht gekannt; Miss Stewart sieht nicht so aus, als bräuchte sie gleich Riechsalz; Mr. Parry interessiert sich bestimmt sehr für Ihre Antwort.«

»Vielleicht«, gab Bossard zu, »aber das hat Zeit bis später.«

Michael Parry drehte sich nach ihm um. »Ich möchte es jetzt wissen, Doktor! Das ist mein gutes Recht. Vergessen Sie nicht, daß Adele meine Frau war!«

Dr. Bossard legte die Hände auf den Rücken und dachte angestrengt nach. »Gut, wenn Sie es unbedingt wissen wollen«, entschied er dann. »Als ich Mrs. Parry untersucht habe, war sie seit etwa fünf Stunden tot. Der Tod muß also zwischen vier und halb fünf eingetreten sein. Das läßt sich nicht auf die Minute genau sagen.« Er lächelte höflich. »Mehr weiß ich vorläufig auch nicht.«

»Und wie lange dauert es, bis eine Überdosis Barbiturat den Tod herbeiführt?« fragte Quinn weiter.

»Das kann ich wirklich nicht sagen«, wehrte Dr. Bossard ab. »Dabei sind so viele Faktoren zu berücksichtigen: die Art des Mittels, die Dosis, der ...«

»Nehmen wir einmal an, es habe sich um Pembrium in geringer Überdosis gehandelt«, unterbrach Quinn ihn. »Wann wäre die Wirkung eingetreten?«

»Das kann ich erst sagen, wenn das Obduktionsergebnis vorliegt«, behauptete der Arzt.

Michael Parry stand auf. »Inspektor Elvin hat sich dafür interessiert, wann ich nach Hause gekommen bin und warum ich nicht gewußt habe, daß meine Frau bei meiner Rückkehr hier war. Er scheint anzunehmen, sie sei um halb vier im Haus gewesen – und daraus schließe ich, daß Sie ihm gesagt haben, sie müsse das Pembrium früher eingenommen haben.«

Bossard hob abwehrend die Hand. »Ich bin nicht daran schuld, wenn der Inspektor zu eigenen Schlußfolgerungen gelangt. Ich habe ihm nur erklärt, daß die tödliche Wirkung einer Überdosis erst nach mindestens einer Stunde einsetzt. Es können bis zu zwei Stunden sein, aber weniger als eine ist äußerst unwahrscheinlich.«

»Das bedeutet im Grunde genommen auch nichts anderes«, stellte Parry fest. »Wenn meine Frau gegen halb fünf gestorben ist und das Schlafmittel nach etwa einer Stunde tödlich gewirkt hat –« Er machte eine Pause. »Ich meine, sie kann doch erst nach einer Stunde gestorben sein, deshalb muß sie um halb vier im Haus gewesen sein, und ich habe nichts davon gewußt.«

»Zu diesem Zeitpunkt war sie bereits bewußtlos«, erklärte Bossard ihm ruhig. »Und jetzt muß ich wirklich gehen. Gute Nacht.«

An der Tür murmelte er Carol noch etwas zu. Quinn hörte sie antworten: »Das hat keinen Zweck – aber ich lasse mir die Sache durch den Kopf gehen.«

Parry setzte sich wieder an den Kamin. Quinn runzelte die Stirn, während er über Adele Parrys Leben und Sterben nachdachte. Sie ist erst ein paar Stunden tot, aber ihrem Mann ist das gleichgültig – und ihrem Arzt auch, überlegte er sich. Michaels Haltung ist verständlich; vielleicht erbt er ein Vermögen. Aber was hat Dr. Bossard von Adeles Tod? Carole könnte es wissen – aber sie erzählt es mir bestimmt nicht ...

Carole kam zurück, als Bossard abgefahren war. Michael Parry stand auf und reckte sich. »Wenn niemand etwas dagegen hat, gehe ich jetzt ins Bett. Zeigst du Mr. Quinn sein Zimmer, Carole?« Er ging zur Treppe, blieb noch einmal stehen und sah zu Quinn hinüber. »Tut mir leid, daß das alles passiert ist. Sie haben sich das falsche Wochenende ausgesucht.«

»Ich habe es mir nicht ausgesucht«, antwortete Quinn. »Das war Caroles Idee.«

»Macht nichts«, entschied Parry von der Treppe aus. Er ging einige Stufen weiter und blieb nochmals stehen. »Ich kann nicht erwarten, daß Ihr euch auf meine Seite stellt – aber ich bin trotzdem froh, daß Ihr hier seid ...«

Carole wartete, bis sich die Schlafzimmertür hinter ihm geschlossen hatte. »Diesen Mann verstehe ich einfach nicht! Manchmal tut er mir leid, aber im nächsten Augenblick möchte ich ihm am liebsten einen Tritt geben!«

»Abwechslung macht Spaß«, meinte Quinn. »Was halten Sie im Augenblick von ihm?«

Carole zuckte mit den Schultern. »Das weiß ich selbst nicht. Aber ich habe Angst.«

»Weil Sie glauben, daß er seine Frau vergiftet hat? Oder haben Sie um jemand anderen Angst?«

Sie schüttelte unwillig den Kopf. »Ich glaube nicht, daß jemand Adele etwas antun wollte. Wenn sie an einer Überdosis eines Schlafmittels gestorben ist, muß sie die Tabletten selbst eingenommen haben.«

»Wollen Sie das nicht Inspektor Elvin erzählen?« fragte Quinn. »Er glaubt an einen Mord – und er wird sich nicht leicht von dieser Idee abbringen lassen. Was ich in diesem Haus gesehen und gehört habe, bringt mich allerdings dazu, seiner Meinung zu sein.«

»Was haben Sie gehört?«

»Genug, um zu wissen, daß niemand Adele Parry geliebt hat. Ihr Tod nützt eigentlich allen – oder alle bilden es sich ein.«

»Meinen Sie finanziell?«

»Allerdings. Glauben Sie nicht, daß sie ein paar hübsche Legate für ihre Angehörigen und Freunde ausgesetzt hat?«

»Sie hat nie ein Testament gemacht«, behauptete Carole.

»Woher wissen Sie das?«

»Sie hat es mir selbst gesagt. Vor einigen Wochen hat sie plötzlich erwähnt, sie müsse gelegentlich ihr Testament machen, obwohl ihr der Gedanke daran zuwider sei. Anscheinend haben ihre Anwälte ihr dazu geraten.«

»Und jetzt hoffen alle Beteiligten, daß sie diesen Rat befolgt hat«, stellte Quinn fest.

Carole warf ihm einen erstaunten Blick zu. »Seit wann so verändert? Gestern abend waren Sie netter. In dieser Stimmung gefallen Sie mir nicht.«

»Ich bin wie ein Chamäleon: Ich passe mich meiner Umgebung an«, behauptete Quinn. »Und diese Umgebung ist feindselig. Oder haben Sie das noch nicht gemerkt?«

Carole lächelte nur. »Kommen Sie, ich zeige Ihnen Ihr Zimmer«, forderte sie ihn auf.

Quinn folgte ihr in den ersten Stock. Sie führte ihn den Flur entlang, ging am Kinderzimmer vorbei und öffnete die übernächste Tür. »Das ist Ihr Zimmer. Gute Nacht!«

»Danke, gleichfalls«, antwortete Quinn. »Wünschen Sie Neil Ford eine gute Nacht von mir, falls Sie ihn noch sehen sollten.«

Carole blieb stehen. »Warum legen Sie es darauf an, mich zu ärgern? Sie wissen genau, daß ich nichts mit Neil Ford habe!«

»Auch mit Michael Parry nicht?«

»Das ist noch lächerlicher! Warum sagen Sie das? Wollten wir nicht Freunde werden?«

»Zwischen Freunden geht es ehrlich zu«, stellte Quinn fest.

Carole runzelte die Stirn. »Was soll das heißen?«

»Sie hätten mir beispielsweise sagen können, daß Sie mich nur mitgenommen haben, weil ich Ihnen nützlich sein konnte«, erwiderte Quinn.

Carole schien einzusehen, daß es zwecklos war, leugnen zu wollen. »Ist das so wichtig? Sie wußten ohnehin nicht, wohin Sie fahren sollten. Sie hätten die Einladung ausschlagen können.«

»Sie haben vorgegeben, mich sympathisch zu finden. Und das war geschwindelt, nicht wahr?«

Carole kniff die Augen zusammen, und Quinn dachte, sie würde ihn auf dem Flur stehenlassen. »Warum wollen Sie unbedingt Streit mit mir?« erkundigte sie sich. »Das verstehe ich nicht!«

»Ich habe es nur satt, an der Nase herumgeführt zu werden«, stellte Quinn fest. »Warum sagen Sie mir nicht endlich die Wahrheit? Sie haben mich eingeladen, das Wochenende in Elm Lodge zu verbringen, weil Sie dachten, sich dadurch vor einem Mann schützen zu können. Da Ford und Parry ausscheiden, muß es Doktor Bossard sein, nicht wahr?«

»Nehmen wir einmal an, Sie hätten recht«, antwortete Carole. »Was geht Sie das an?«

»Sogar ziemlich viel, falls er der Mann ist, der vergessen hat, seine Wäsche mitzunehmen.«

»Ich kann Ihnen versichern, daß er sich nicht um solche Kleinigkeiten kümmert!«

»Aber ich laufe nicht gern in einem Hemd Ihres früheren Liebhabers herum«, erklärte Quinn ihr.

Carole lächelte humorlos. »Er war nicht mein Liebhaber, aber ich hatte gehofft, ihn durch Sie von mir fernhalten zu können. Ich bezweifle sehr, daß Adele ihn für heute abend eingeladen hat. Er ist selbst gekommen, weil er mich wiedersehen wollte.«

»Was hatte er bei Ihnen zu suchen, wenn er nicht Ihr Geliebter war?« fragte Quinn erstaunt. »Oder hat er bei Ihnen nur seine Wäsche aufbewahrt?«

Carole schüttelte den Kopf. »Kommen Sie wirklich nicht selbst darauf? Wir waren verheiratet, Mr. Quinn! Und jetzt leben wir getrennt.«

»Wissen die anderen das auch?« fragte Quinn langsam.

»Nein, sie haben es nie erfahren. Geoffrey und ich haben uns getrennt, bevor er die Praxis in Blandford übernommen hat. Adele hat uns für gute Freunde gehalten. In letzter Zeit scheint sie etwas geahnt zu haben, weil sie versucht hat, uns zusammenzubringen. Aber das kann auf Geoffreys Veranlassung geschehen sein. Er will, daß ich wieder zu ihm ziehe.«

»Wollen Sie das tun?«

»Ich weiß nicht, ob ich es riskieren soll«, antwortete Carole leise. »Ich fürchte mich vor einer neuen Enttäuschung ...« Sie hatte Tränen in den Augen.

Eigentlich sieht sie nicht wie eine Mörderin aus, dachte Quinn. Dazu bräuchte sie ein Motiv – und ich weiß keines. Eine erhoffte Erbschaft ist nicht Grund genug, eine Freundin umzubringen, Carole hat keine Geldsorgen, offenbar liebt sie Bossard noch immer, er verdient bestimmt nicht schlecht, als seine Frau könnte sie sich alles leisten ...

Das fehlende Motiv war die Hauptschwierigkeit. Inspektor Elvin bildete sich ein, eines gefunden zu haben. Aber Elvin konnte sich irren.

»Entschuldigen Sie meine häßlichen Bemerkungen«, sagte Quinn. »Falls Sie eine Schulter suchen, an der Sie sich ausweinen können, steht Ihnen meine zur Verfügung. Kommen Sie noch einen Augenblick herein und erzählen Sie mir alles.« Als Carole zögerte, fragte er lächelnd: »Haben Sie Angst um Ihren guten Ruf?«

Carole betrachtete ihn ernsthaft. »Nein, daran habe ich eben nicht gedacht«, antwortete sie leise und betrat Quinns Zimmer. »Eigentlich gibt es nicht viel zu erzählen«, fuhr sie fort, als er die Tür hinter ihr schloß. »Vielleicht habe ich falsch reagiert. Das denke ich mir oft. Vielleicht hätte ich die Sache vom Standpunkt eines Mannes aus sehen müssen. Aber damals konnte ich das nicht – und jetzt ist es wahrscheinlich zu spät.«

»Erzählen Sie mir Ihre Geschichte«, forderte Quinn sie auf, »dann kann ich Ihnen sagen, was ein Mann davon hält, wenn Sie das interessiert.«

»Doch, das interessiert mich sogar sehr!« Sie setzte sich auf die Bettkante. »Darum wollte ich Sie sogar bitten . . .«

Quinn hörte eine typische Geschichte zweier Menschen, die geheiratet hatten, ohne einander wirklich zu kennen, und hatte den Eindruck, Carole brauche Bossard mehr als er sie. Bossard war Schiffsarzt gewesen; Carole hatte ihn auf einer Amerika-Reise kennengelernt; er hatte sie häufig besucht, wenn er Landurlaub hatte. Sie hatte nicht viel über ihn erfahren, wußte eigentlich nur, daß er davon träumte, sich irgendwo als Landarzt niederzulassen.

»Er hat von einer Praxis auf dem Land gesprochen«, erinnerte sie sich, »und als Adele mir erzählt hat, ihr Arzt in Blandford suche einen jüngeren Kollegen, weil er für seine ausgedehnte Praxis zu alt sei, habe ich sofort an Geoffrey gedacht. Adele wußte natürlich nicht, daß wir mehr als nur gute Freunde waren . . .«

Bossard war bei dem Arzt in Blandford gewesen, und die beiden hatten eine dreimonatige Probezeit vereinbart, sobald Bossards Vertrag als Schiffsarzt auslief. Bossard hatte Carole einen Heiratsantrag gemacht . . .

»Wir wollten in meinem Häuschen wohnen, bis Geoffrey nach Blandford ziehen konnte. Er hatte nur ein paar Tage Urlaub, wir haben uns trauen lassen, und am Montag mußte er wieder fort. Ein paar Kollegen aus dem Atelier waren mit auf dem

Standesamt, aber ich hatte keine Gelegenheit, Adele zu benachrichtigen, weil sie verreist war.

Kurze Zeit später habe ich einen Auftrag bekommen und mußte dazu sechs Wochen nach Amerika«, berichtete Carole weiter. »Ich wollte arbeiten, bis Geoffrey in Blandford etabliert war, wissen Sie. Wenige Stunden nach meiner Rückkehr habe ich gemerkt, daß er eine andere Frau mit nach Hause gebracht hatte. Ich weiß nicht einmal, ob er eine Geliebte hatte oder nur irgendein Mädchen von der Straße mitgenommen hat; ich wollte es gar nicht wissen, weil mir eines schlimmer als das andere erschien ...«

Daran war ihre Ehe zerbrochen. Bossard leugnete nicht, Carole untreu gewesen zu sein: Er bat sie nur, ihm zu glauben, daß es sich um eine einmalige Ausnahme gehandelt hatte, die er zutiefst bedauerte. Er sprach von einem verrückten Impuls, dem er nachgegeben habe, und versicherte Carole, er werde sich bemühen, alles wiedergutzumachen.

Aber Carole konnte ihm nicht verzeihen. Sie hatten sich getrennt.

»Das ist eigentlich alles«, schloß sie. »Geoffrey hat inzwischen die Praxis in Blandford ganz übernommen. Ihm geht es anscheinend nicht schlecht.«

»Aber er ist weder verheiratet noch ledig«, warf Quinn ein, »was für beide Teile unangenehm sein dürfte. Haben Sie nie mit ihm über eine Scheidung gesprochen?«

»Nein.«

»Warum nicht? Er legt natürlich keinen Wert darauf, weil er hofft, daß Sie zu ihm zurückkommen werden. Aber wollen Sie nicht wieder frei sein?«

Carole zuckte mit den Schultern. »Darüber habe ich eigentlich noch nie nachgedacht.«

»Was hält Sie davon ab?«

»Keine Ahnung«, behauptete Carole.

»Doch, Sie wissen es genau – und ich weiß es auch!« sagte Quinn. »Sie lieben ihn noch immer, Carole. Zwischen Ihnen und Ihrem gesetzlichen Ehegatten steht nur Ihr verwundeter Stolz. Er ist noch immer Ihr Mann – und wird es immer bleiben!«

Carole stand ruckartig auf. »Sie scheinen das Ganze nach wie vor als eine Art Spiel zu betrachten, Mr. Quinn«, warf sie ihm vor. »Hätte ich das gewußt, hätte ich Ihnen das alles nicht anvertraut.«

»Das macht keinen Unterschied mehr«, versicherte Quinn ihr. »Daß Sie und Doktor Bossard verheiratet sind, bleibt ohnehin nicht mehr lange geheim. Morgen um diese Zeit ist Inspektor Elvin bestimmt über uns alle vollständig informiert.«

Carole blieb an der Tür stehen. »Das klingt ja, als wären Sie der Meinung, ich hätte etwas zu verbergen!«

»Vielleicht«, antwortete Quinn ausweichend. »Aber das können Sie nicht mehr lange. Und wenn es soweit ist . . .«

»Ja?«

»Verlassen Sie sich dann nicht auf mich«, fuhr Quinn fort. »Ich schulde Ihnen nichts – weder Ihnen noch den anderen. Was mir hier zu Ohren kommt, erzähle ich Inspektor Elvin.«

8

Quinn wachte kurz nach sieben auf. Bis er fertig angezogen war, zeigte seine Uhr kurz vor acht. Im Haus war es totenstill. Die anderen schienen noch zu schlafen. Aus ihren Zimmern drang kein Laut, als Quinn nach unten ging.

Draußen schien die Sonne. Wäre nicht alles schon in den ersten eineinhalb Stunden nach Quinns Ankunft schiefgegangen, hätte mit diesem Morgen ein schönes Wochenende begonnen. Quinn hatte sich darauf gefreut: ein luxuriöses Landhaus, gastfreundliche Menschen, herrliches Sommerwetter. Was konnte man mehr verlangen?

Aber Adele hatte ihm alles verdorben. Adele hatte sich hingelegt und war gestorben.

Warum nicht eine Woche später? dachte Quinn. Wo mag sie gewesen sein, als sie angeblich in Wood Lake war? Falls Michael das gewußt hat, hat er uns alle belogen; falls er es nicht gewußt hat, ist er von Adele belogen worden. Dafür muß es einen Grund geben . . .

Eigentlich wollte ich mich nicht in die Sache hineinziehen lassen, aber jetzt stecke ich doch bis zum Hals darin. Elvin findet es bestimmt komisch, wenn ich jetzt meinen Koffer packe und verschwinde. Aber er würde es bestimmt noch merkwürdiger finden, wenn er wüßte, daß der Koffer mitsamt Inhalt gar nicht mir gehört. Und was würde Dr. Bossard sagen, wenn er wüßte, auf welche Weise ich zu seinem Hemd gekommen bin?

Als Quinn den Wohnraum durchquerte, hörte er Geräusche aus der Küche: Eine Tasse klirrte auf der Unterasse, ein Stuhl knarrte, eine Zeitung raschelte.

Irene Ford saß am Küchentisch, trank Kaffee und las Zeitung. Sie sah überrascht auf, als Quinn sich von der Tür her räusperte. Dann kicherte sie nervös.

»Oh, Sie haben mich aber erschreckt!« sagte sie.

»Entschuldigen Sie«, bat Quinn, »aber ich . . .«

»Nein, das war nicht Ihre Schuld. Ich war nur in Gedanken woanders. Das ist verständlich, nicht wahr? Nach allen diesen Ereignissen, meine ich.«

»Selbstverständlich«, stimmte Quinn zu. »Das muß ein Schock für Sie gewesen sein. Wie fühlen Sie sich jetzt?«

»Besser, viel besser. Aber ich werde noch einige Zeit brauchen, um darüber hinwegzukommen. Das ist ganz natürlich, finde ich, bei diesem Schock, glauben Sie nicht auch?«

Quinn betrachtete ihre nervöse, schmächtige Gestalt und fragte sich, wie ein Mann wie Neil Ford diese Frau je hatte heiraten können. Sie schien keinen Tropfen warmes Blut in den Adern zu haben.

»Ja, das ist ganz natürlich«, bestätigte er. »Ich bin nur überrascht, daß Sie schon auf sind. Hat Doktor Bossard Ihnen nicht ein Schlafmittel gegeben?«

»Oh, so etwas macht mir nichts aus«, erklärte Mrs. Ford ihm verlegen. »Ich könnte fünfzig Schlaftabletten nehmen, ohne . . .« Sie schwieg bedrückt. »Die arme Adele!« stieß sie dann hervor. »Es ist doch schrecklich, wenn jemand in ihrem Alter so unerwartet stirbt, nicht wahr?«

»Schrecklich«, stimmte Quinn zu.

Irene Ford sah zum Herd hinüber. »Möchten Sie eine Tasse Kaffee? Er ist noch ganz heiß. Ich schenke Ihnen gleich eine Tasse ein.«

»Danke, das kann ich auch selbst«, wehrte Quinn ab und ging an den Herd. »Sie haben doch nichts dagegen?«

»Natürlich nicht! Warum denn auch?« Mrs. Ford wartete, bis Quinn ihr gegenübersaß. »Dies ist schließlich nicht mein Haus«, fuhr sie dann fort. »Ich weiß gar nicht, ob ich hier noch willkommen bin.« Sie zog die Schultern hoch. »Vielleicht sollte ich das nicht sagen – aber es ist trotzdem wahr, leider. Und ich weiß, daß Sie Michael nichts erzählen werden.«

»Wie kommen Sie darauf, daß er Sie nicht leiden kann?«

Irene Ford schüttelte den Kopf. »Es geht nicht um mich. Wir kommen ganz gut miteinander aus. Aber Neil und Michael vertragen sich nicht sonderlich. Michael ist oft schwierig, aber das muß man eben verstehen. Das war auch Adeles Fehler, obwohl man von Toten nur Gutes sagen soll, nicht wahr?«

»Was war Mrs. Parrys Fehler?« fragte Quinn.

»Ich habe ihr immer geraten, ein bißchen mehr Geduld zu haben«, antwortete Irene. »Aber das konnte sie einfach nicht, selbst bei meinem Bruder nicht, obwohl er verträglich und gutmütig wie kein anderer war.«

»Waren die beiden nicht glücklich?« fragte Quinn.

»Oh, sie waren sogar sehr glücklich«, antwortete Irene hastig. »Ich glaube nicht, daß sie sich jemals gestritten haben. Aber das kam natürlich nur daher, daß er so gutmütig war, und wir können nicht alle gleich sein, nicht wahr?«

»Richtig«, stimmte Quinn zu. »Sie glauben also, daß Adele noch leben könnte, wenn sie mehr Geduld mit Michael bewiesen hätte?«

»Nun, das möchte ich nicht einfach behaupten«, wehrte Irene verlegen ab. »Ich weiß nur, was sie mir am Telefon erzählt hat – von Selbstmord war keine Rede, und ich kann noch immer nicht glauben, daß sie . . .«

»Was hat sie Ihnen am Telefon erzählt?« warf Quinn ein.

Irene faltete die Hände und beugte sich vor. »Vielleicht sollte ich nichts davon sagen, ich möchte niemand in Schwierigkeiten bringen, aber ich habe heute nacht darüber nachgedacht, und es kann ihr nicht mehr schaden, wenn Sie wissen, was ich meine ...«

»Das weiß ich leider nicht, Mrs. Ford«, erklärte Quinn ihr. »Aber was Sie sagen, kann Mrs. Parry bestimmt nicht mehr schaden. Warum wollen Sie es also noch für sich behalten?«

»Wahrscheinlich ist alles gar nicht der Rede wert«, fuhr Irene fort. »Sie halten mich bestimmt für hysterisch. Mein Mann sagt immer, daß ich übertreibe, und wenn er erfährt, was ich ...«

»Von mir erfährt er nichts«, beruhigte Quinn sie. »Was hat Adele am Telefon gesagt?«

»Sie wollte sich von Michael scheiden lassen – oder ihn dazu bringen, die Scheidung einzureichen. Ich weiß nicht mehr, worum es ging. Aber das ist ja auch nebensächlich, nicht wahr?«

»Das hängt von den Umständen ab«, meinte Quinn. »Vielleicht ist es in diesem Fall wichtig. Können Sie sich nicht mehr daran erinnern, was sie gesagt hat?«

»Nein, ich habe nicht darauf geachtet. Ich habe nur gehört, daß von Scheidung die Rede war. Aber woher hätte ich wissen sollen, daß das schon wenige Stunden später eine Rolle spielen würde?«

»Das konnten Sie nicht wissen, Mrs. Ford«, bestätigte Quinn. »Wann hat Adele Sie angerufen?«

Irene Ford warf ihm einen überraschten Blick zu. »Habe ich Ihnen das noch nicht gesagt? Sie hat mich gestern morgen bei mir zu Hause angerufen.«

»Nur um zu sagen, daß sie sich von Michael scheiden lassen wollte? Hätte diese Nachricht sich nicht ein paar Stunden länger gehalten?«

»Adele wußte nicht mehr genau, ob wir übers Wochenende kommen würden. Wir hatten beim letzten Besuch keinen bestimmten Termin vereinbart – und vielleicht würden wir nicht kommen wollen, wenn wir hörten, was hier im Haus bevorstand.«

»Aber Sie haben sich dadurch nicht von Ihrem Besuch abhalten lassen?«

Irene zog die Schultern hoch. »Natürlich nicht! Glauben Sie etwa, ich hätte untätig bleiben wollen, während Adele ihr ganzes Leben ruinierte?«

»Aber wenn sie doch zur Scheidung entschlossen war ...«

»Es war trotzdem meine Pflicht, ihr gut zuzureden, nicht wahr? Sie mußte erkennen, was sie tat. Schließlich konnte Michael sich nur von ihr scheiden lassen, wenn sie, wenn sie ihm einen Scheidungsgrund lieferte, nicht wahr?«

»Ganz recht«, stimmte Quinn zu. »Aber Mrs. Parry war kein Kind mehr. Sie mußte selbst wissen, was sie tat.« Als Irene Ford nickte, ohne wirklich überzeugt zu sein, fragte er sie: »Hat Ihre Schwägerin Ihnen gesagt, von wo aus sie angerufen hat? Das ist wichtig, Mrs. Ford! Wo war Adele Parry gestern vormittag?«

»In London. Sie war die ganze Woche dort. Sie wollte allein sein, um ungestört über Michael nachdenken zu können. Als ihr Entschluß feststand, hat sie mich vom Hotel aus angerufen.«

»Von welchem Hotel aus?« wollte Quinn wissen.

»Sie war wieder im Cavendish, glaube ich«, antwortete Irene. »Sie hat es nicht ausdrücklich gesagt, aber sie war eigentlich immer nur dort. Das Hotel liegt günstig, weil ihre Anwälte ganz in der Nähe ihre Kanzlei haben.«

»Ist Mrs. Parry deshalb nach London gefahren – um die Sache mit ihren Anwälten zu besprechen?«

Irene Ford zuckte mit den Schultern. »Davon hat Adele nichts gesagt. Sie hat mir nur erzählt, sie sei ein paar Tage weggefahren, um in Ruhe nachdenken zu können. Sie hatte das Gefühl, mich informieren zu müssen, weil ich schließlich ihre einzige Verwandte bin – abgesehen von Michael, für den sie bereits vorgesorgt hatte ...«

»Wie hatte sie für ihn vorgesorgt?«

»Das weiß ich nicht«, gab Mrs. Ford zu. »Ich konnte sie schlecht danach fragen, obwohl ich mir natürlich Gedanken darüber gemacht habe.«

»Hat Mrs. Parry Ihnen gesagt, wann sie nach Hause fahren wollte?« erkundigte Quinn sich.

»Ja, ich dachte, sie würde hier sein, bevor wir ankamen. Deshalb war ich auch so verwundert, als sie nicht hier war. Ich hätte nie gedacht, daß – darauf wäre ich nie ...« Irene Ford schob ihren Stuhl zurück und stand plötzlich auf. »Entschuldigen Sie mich bitte«, murmelte sie mit erstickter Stimme und lief hinaus.

Quinn sah ihr nach, als sie die Treppe hinaufeilte. Täuschte er sich, oder hatte sie tatsächlich noch etwas gesagt? »Das war unrecht. Er hätte es nicht tun dürfen. Selbst wenn sie ...« Mehr war nicht zu hören gewesen, da Mrs. Ford in ihrem Zimmer verschwunden war.

Quinn runzelte die Stirn. Sie hatte Angst, wie Carole und Michael. Als Adele Parry aus dem Haus getragen wurde, nahm die Angst ihren Platz in Elm Lodge ein.

Inspektor Elvin zeigte sich sehr interessiert. »Danke für Ihren Anruf, Mr. Quinn«, sagte er. »Was Sie von Mrs. Ford gehört haben, kann uns viel Arbeit sparen. Nur weiter so!«

»Aber dafür erwarte ich selbstverständlich eine Gegenleistung«, erklärte Quinn ihm. »Wenn ich Ihnen helfe, möchte ich dafür auf dem laufenden gehalten werden.«

Elvin antwortete nicht gleich. »Diese Gegenleistung wäre jedoch inoffiziell. Ich sollte eigentlich ...«

»Und ich sollte eigentlich nicht den Polizeispitzel spielen«, unterbrach Quinn ihn. »Oder glauben Sie etwa, daß es mir Spaß macht, meinen Urlaub auf diese Weise zu verbringen?«

»Warum nicht?« meinte der Inspektor. »Ich hätte nichts dagegen, in einem luxuriösen Landhaus zu leben, das Sommerwetter zu genießen und nebenbei Augen und Ohren offenzuhalten.«

»Schon gut«, wehrte Quinn ab. »Sind wir uns einig?«

»Ja, solange Sie keine unsinnigen Forderungen stellen. Was wollen Sie wissen?«

»Im Augenblick noch nichts«, antwortete Quinn rasch. »Das Haus wacht allmählich auf. Aber Sie kommen doch im Lauf des Tages hierher?«

»Ich wollte vormittags vorbeikommen, aber jetzt fahre ich doch lieber nach London und rede mit den Leuten im Hotel Cavendish. Sie wissen nicht zufällig, welche Anwälte Mrs. Parry hatte?«

»Nein, aber ihr Mann muß es wissen. Soll ich ihn fragen?«

Inspektor Elvin zögerte. »Nein, lieber nicht«, antwortete er dann. »Das läßt sich auch auf andere Weise feststellen. Und was haben Sie vor, bis ich aus London zurückkomme?«

»Ich werde die Schönheiten der Landschaft genießen und nach dem Frühstück einen Spaziergang machen.«

»Gehen Sie nicht zu weit weg. Vielleicht muß ich Sie anrufen.«

»Keine Angst, ich verlaufe mich nicht«, beruhigte Quinn ihn.

Quinn machte sich sein Frühstück selbst. Als er danach eine Zigarette rauchte, hörte er Stimmen im ersten Stock. Carole sprach dort mit jemand.

Wenn Quinn an Carole dachte, hatte er ein schlechtes Gewissen. Du bist eifersüchtig auf Bossard, sagte er zu sich selbst, und du schämst dich, weil du so häßliche Dinge über Carole gedacht hast. Deshalb versuchst du jetzt eine Art Wiedergutmachung und hast Inspektor Elvin nicht gesagt, daß Carole Dr. Bossards Frau ist. Und was bringt dir das ein? Du setzt dich damit nur zwischen zwei Stühle. Carole hat dir ihre Geschichte freiwillig erzählt. Wäre ihr daran gelegen, sie geheimzuhalten, hätte sie dich nicht einzuweihen brauchen . . .

Er drückte seine Zigarette aus, durchquerte den Wohnraum und schloß die Haustür auf. Als er über die Schwelle trat, wäre er fast mit Miss Wilkinson zusammengestoßen. Sie trug weiße Sandalen, blaßblaue enge Jeans, einen gelben Pullover und einen Chiffonschal, der ihre Haare zusammenhielt.

»Oh!« rief Ariadne Wilkinson aus und hob übertrieben ängstlich die Hände. »Jetzt hätte mich Sherlock Holmes aus der Fleet Street beinahe über den Haufen gerannt! Wohin so früh, wenn man fragen darf?«

»Ich wollte nur einen Spaziergang machen«, antwortete Quinn. »Die anderen sind schon auf, aber noch nicht unten.«

»Ausgezeichnet!« Miss Wilkinson kam so nahe an Quinn heran, daß er die gelben Flecken im Braun ihrer Augen sah. »Ich möchte nämlich mit Ihnen sprechen – nicht mit den anderen. Können Sie Ihren Spaziergang ein paar Minuten verschieben?«

»Warum begleiten Sie mich nicht«, schlug Quinn vor.

»Ich möchte nicht mit Ihnen gesehen werden«, erklärte Ariadne ihm. »Die anderen denken sonst, daß ich Ihnen etwas erzähle, das sie nicht hören sollen.«

»Zum Beispiel?«

»Zum Beispiel das Motiv für Adeles Tod.«

»Damit kann ich nichts anfangen«, wehrte Quinn ab. »Der Coroner muß entscheiden, warum sie Selbstmord begangen haben dürfte.«

Miss Wilkinson kniff die Augen zusammen. »Und wenn es nun kein Selbstmord gewesen wäre? Wenn jemand Grund gehabt hätte, sie zu beseitigen?«

»Das ist zu vage. Können Sie etwas genauer sein?«

»Oh, ich kann sehr genau sein, aber ich möchte vermeiden, daß mein Name dabei genannt wird.«

»Warum? Wovor haben Sie Angst?«

»Vor meinen Nachbarn. Ich lebe schließlich hier. Wenn sie glauben, sie würden von mir bespitzelt, kann ich mich nirgends mehr sehen lassen. Deshalb muß alles, was ich sage, unter uns bleiben. Einverstanden?«

»Okay«, sagte Quinn, »falls ich Ihre Informationen irgendwie verwerte, erwähne ich Ihren Namen nicht. Was haben Sie mir also zu erzählen? Wen haben Sie beobachtet?«

Ariadne Wilkinson sah sich vorsichtig um, bevor sie flüsterte: »Doktor Bossard. Seit etwa einem Jahr ist er ziemlich häufig hierhergekommen – natürlich tagsüber, wenn Michael nicht zu Hause war. Michael kommt meistens erst gegen vier Uhr aus dem Bird-in-Hand zurück, und Mrs. Gregg geht um eins, Doktor Bossard und Adele hatten also das Haus für sich allein.«

»Und?« fragte Quinn. »Sie war seine Patientin. Folglich war es sein gutes Recht, sie zu besuchen, wenn er es für angebracht hielt.«

Miss Wilkinson lächelte sarkastisch. »Zwei- bis dreimal wöchentlich? Das können keine Arztbesuche gewesen sein!«

»Warum nicht?«

»Weil Adele dann an einer chronischen Krankheit hätte leiden müssen – und das war garantiert nicht der Fall!«

Quinn erinnerte sich daran, daß Michael Parry seine Frau als »kerngesund« bezeichnet hatte. »Ist Doktor Bossard immer nur nachmittags gekommen?«

»Ich habe ihn nur nachmittags gesehen, wenn Adele allein zu Hause war«, bestätigte Miss Wilkinson. »Deshalb ist alles völlig klar und . . .«

»Nur wenn man voreilige Schlüsse zieht«, unterbrach er sie. »An Ihrer Stelle wäre ich lieber vorsichtig. Wie können Sie zum Beispiel Ihre Behauptung beweisen, Doktor Bossard sei zwei- bis dreimal wöchentlich hierhergekommen?«

»Das habe ich mit eigenen Augen gesehen. Mein Haus ist dort drüben . . .« Sie deutete vage nach Westen. »Ich kann von dort aus die Einfahrt dieses Grundstücks beobachten – und Doktor Bossards Wagen ist unverkennbar.«

»Sie haben also ein Jahr lang jeden Tag Wache gehalten?«

Miss Wilkinson machte ein gekränktes Gesicht. »Das hat man also davon! Ich versuche zu helfen, und Sie werfen mir vor, eine Schnüfflerin zu sein. Das ist nicht nett von Ihnen, Mr. Quinn!«

»Bleiben wir lieber beim Thema«, schlug er vor. »Sie behaupten, Doktor Bossard habe Mrs. Parry seit etwa einem Jahr häufig besucht. Haben diese Besuche bis zuletzt stattgefunden?«

»Wenn ich das wüßte, hätte ich wirklich jeden Tag Wache gehalten«, antwortete Miss Wilkinson tadelnd. »Aber ich habe schon vor Monaten alles Interesse an den beiden verloren. Schließlich ging es mich nichts an, wenn Doktor Bossard sich mit einer verheirateten Frau einließ.«

»Das ist ein schwerer Vorwurf«, warnte Quinn sie. »Es gibt doch keinen Beweis für eine Affäre?«

Ariadne Wilkinson starrte ihn mit gespieltem Erstaunen an. »Wer hätte gedacht, daß Sie noch nicht einmal aufgeklärt sind?«

»Lassen Sie den Unsinn!« wehrte Quinn ab. »Was hat das alles mit Mrs. Parrys Tod zu tun?«

»Können Sie sich vorstellen, wie Michael Parry reagiert hätte, wenn ihm klargeworden wäre, was hinter seinem Rücken vorging?«

»Ja. Ich kann mir vorstellen, wie jeder Ehemann reagieren würde. Soll er etwas gemerkt haben?«

»Nein, aber er stand dicht davor. Was hätte er dann vermutlich getan?«

»Was die meisten Ehemänner tun, wenn er eine gewöhnliche Frau gehabt hätte. Er hätte sich scheiden lassen können. Aber Adele war eine reiche Frau. Vielleicht hätte er deswegen ein Auge zugedrückt und ...«

»Sie sind kein Menschenkenner!« unterbrach Miss Wilkinson ihn.

»So kommen wir nicht weiter«, entschied Quinn. »Was Sie sagen, mag wahr sein, aber es liefert kein Motiv für ihren Tod – falls sie nicht doch Selbstmord begangen hat.«

»Natürlich hat sie das nicht getan! Warum sollte eine junge, reiche und schöne Frau sich vergiften? Bestimmt nicht aus Liebeskummer! Eine lebenslustige Frau wie Adele scheidet doch nicht freiwillig aus dem Leben!«

»Ich kann mir einen Grund vorstellen«, antwortete Quinn. »Vielleicht hat sie Selbstmord begangen, weil sie den Gedanken an einen Scheidungsprozeß und das damit verbundene Aufsehen nicht ertragen konnte.«

»Da kennen Sie Adele schlecht!« behauptete Miss Wilkinson. »Sie hätte keine Angst davor gehabt, ein bißchen Aufsehen zu erregen. Aber ich weiß jemand, der alles Aufsehen vermeiden mußte und der ruiniert gewesen wäre, wenn sein Name in einem Scheidungsprozeß gefallen wäre ...«

Daran hatte Quinn eben auch gedacht. Er begriff jetzt, warum Carole Angst hatte. Dafür konnte es nur zwei Gründe geben: sie hatte Adele Parry selbst vergiftet, oder sie fürchtete, Dr. Bossard könnte es gewesen sein.

Ariadne Wilkinson sprach eindringlich weiter und schien jedes Wort zu genießen. Dies war ihr großer Auftritt.

»Adele war seine Patientin. Sobald Bossard sich mit ihr eingelassen hatte, war er ihr hilflos ausgeliefert. Dazu kam noch, daß er Michaels Reaktion fürchten mußte, weil Adeles Mann ihnen früher oder später auf die Schliche kommen mußte – vielleicht sogar schon bald.«

»Das sind schwere Vorwürfe«, stellte Quinn fest.

»Gewiß – aber das muß natürlich unter uns bleiben.«

»Unsinn!« wandte Quinn ein. »So etwas läßt sich nicht geheimhalten!«

»Wer spricht denn von einem Geheimnis? Wer behauptet, daß ich die einzige bin, die von diesem Verhältnis zwischen Adele und ihrem – ihrem Hausarzt wußte?«

»Ich sehe nicht ein, was das . . .«, begann Quinn.

»Natürlich ist das wichtig! Überlegen Sie doch selbst! Ein Arzt kann wegen Schädigung des Berufsstandes von der Ärzteliste gestrichen werden, nicht wahr? Und Ehebruch mit einer Patientin gilt als unethisch – auch wenn die Patientin sich diese Medizin selbst verschrieben hat.« Miss Wilkinson machte eine bedeutungsvolle Pause. »Er war verloren, Mr. Quinn. Nichts konnte ihn mehr retten. Und die Gefahr, daß Michael Parry etwas merkte, wurde von Tag zu Tag größer.«

Quinn hörte jemand im Haus die Treppe herunterkommen. Ariadne Wilkinson trat einen Schritt zurück.

»Doch die Wege der Vorsehung sind unerforschlich«, fügte sie ironisch hinzu. »Seine Geliebte hat ihn im letzten Augenblick freigegeben. Sie war so freundlich, Selbstmord zu begehen. Na, was halten Sie davon, Mr. Quinn aus der Fleet Street? Wie finden Sie das?«

9

Miss Wilkinson war eben unter den Bäumen verschwunden, als Carole Stewart aus dem Haus kam. »Guten Morgen«, begrüßte sie Quinn. »Wer war das?«

»Ihre Freundin Miss Wilkinson.«

Carole verzog das Gesicht. »Sie ist nicht meine Freundin. Und was wollte sie?«

»Sie ist nur zufällig vorbeigekommen.«

»Das heißt, daß sie auf der Suche nach Neuigkeiten war. Wessen Ruf hat sie diesmal zu ruinieren versucht?«

»Sie war nur zwei oder drei Minuten hier«, wehrte Quinn verlegen ab.

»Das genügt Ariadne schon, um die Regierung zu stürzen«, behauptete Carole. »Haben Sie schon gefrühstückt?«

»Ja, danke. Ich habe mich selbst bedient. Das war doch in Ordnung?«

»Natürlich!« versicherte Carole ihm. »Hier tut jeder, was ihm gefällt. Sie brauchen nicht erst um Erlaubnis zu fragen.«

»Das werde ich mir merken«, sagte Quinn.

Carole ging in die Küche. Wenig später kam Neil Ford die Treppe herab, nickte Quinn kurz zu und verschwand in der Küche. Quinn hörte ihn mit Carole sprechen, bis einer der beiden die Küchentür schloß.

Dann erschien Michael Parry im Erdgeschoß. Er hatte offenbar gut geschlafen, denn er begrüßte Quinn so unbekümmert wie am Tag zuvor: »Guten Morgen, alter Junge! Carole ist kein guter Wetterfrosch, was? Sie hat Regen vorhergesagt – und jetzt scheint die Sonne. Schon gefrühstückt?«

»Ja, danke. Ich bin schon einige Zeit auf.«

»Das habe ich von Irene gehört. Sie hat mir von einem interessanten Gespräch mit Ihnen erzählt. Sie scheinen ihr zu gefallen, alter Freund!«

»Das freut mich«, behauptete Quinn.

»Na, was haben Sie heute vor?« erkundigte Parry sich.

»Ich will die frische Luft und den Sonnenschein genießen«, antwortete Quinn. »Beides bekomme ich in der Stadt zu wenig.«

»Eine gute Idee! Falls Sie es ganz bequem haben wollen, leihe ich Ihnen gern meinen Wagen. Der Zündschlüssel steckt immer.«

»Vielen Dank, aber brauchen Sie ihn nicht selbst?«

»Wahrscheinlich nicht. Ich nehme an, daß Inspektor Elvin mich heute nochmals sprechen will.«

»Hat er das gesagt?«

»Nein, aber ich habe das Gefühl, als wäre er noch nicht ganz fertig mit mir.« Michael Parry wandte sich ab. Dann drehte er sich nochmals um und fragte: »Haben Sie seit gestern abend nichts mehr von ihm gehört?«

Auch diese Frage klang ganz harmlos. Aber Quinn wußte nicht, ob er sich nicht täuschte.

»Nein«, antwortete er.

Mrs. Gregg kam kurz nach neun Uhr. Sie war eine stämmige Frau mit dicken Beinen, breitem Gesicht und strähnigen schwarzen Haaren. Ihren dunklen Augen entging bestimmt nicht leicht etwas.

Quinn merkte, daß sie ihm einen prüfenden Blick zuwarf, als sie an ihm vorbeiging. Eine Minute später kam sie aus der Küche, blieb vor ihm stehen und sagte: »Wie ich höre, sind Sie Mr. Quinn.« Ihre Stimme klang protestierend und anklagend.

»Sie haben richtig gehört«, bestätigte Quinn.

»Ich bin Mrs. Gregg«, erklärte die Zugehfrau ihm.

»Freut mich, Sie kennenzulernen.«

Mrs. Gregg lächelte beinahe. »Bis auf Mrs. Ford sind alle in der Küche, deshalb kann ich nicht dort anfangen – und sie badet eben, und ich habe viel zu tun, darum hoffe ich, daß Sie nichts dagegen haben.«

»Selbstverständlich nicht!« versicherte Quinn ihr. »Wogegen übrigens?«

»Ich möchte als erstes Ihr Zimmer aufräumen«, antwortete Mrs. Gregg geduldig. »Ich will Sie aber nicht stören. Manchmal paßt das gerade nicht – und ich möchte niemand stören. Aber nicht alle denken so, nicht wahr?«

»Ich kenne nicht viele«, gab Quinn zu.

»Das ist eben der große Fehler, die meisten Leute sind so rücksichtslos. Deshalb darf es uns nicht überraschen, wenn schreckliche Dinge passieren.«

»Mich überrascht so leicht nichts«, sagte Quinn.

Wieder jemand, der mit mir reden will, dachte er. Ich ziehe solche Leute an wie der Speck die Mäuse. Nur auf Bossard und Neil Ford scheine ich nicht so zu wirken. Ob das etwas bedeutet? Vielleicht haben die beiden im Gegensatz zu den anderen etwas zu verbergen ...

Mrs. Gregg verschränkte die Arme. »Das mit Mrs. Parry ist wirklich traurig, was?« meinte sie ohne die geringste Trauer in der Stimme. »Da sieht man wieder, wie schnell es oft gehen kann, nicht wahr?«

»Ganz recht«, stimmte Quinn zu. »Hat Mrs. Parry noch mit Ihnen gesprochen, bevor Sie gestern aus dem Haus gingen?«

»Nein, sie war noch nicht zurück. Und unten im Dorf heißt es, sie ...«

»Ich würde mich nicht darum kümmern, was im Dorf erzählt wird«, unterbrach Quinn sie. »Behalten Sie Ihr Wissen lieber für sich. Ein Kriminalinspektor stellt hier Ermittlungen an und wird auch mit Ihnen sprechen wollen.«

Mrs. Gregg runzelte die Stirn. »Wenn die Polizei hier ist, muß an der Sache etwas faul sein«, behauptete sie.

»Nicht unbedingt. In solchen Fällen sind Ermittlungen vorgeschrieben. Das ist ganz normal.«

»Oh, das weiß ich auch! Ich habe schon viele Kriminalfilme im Fernsehen gesehen.«

»Das glaube ich«, meinte Quinn. »Hat Mrs. Parry Ihnen übrigens erzählt, daß sie am Freitag zurückkommen wollte, als sie am Montag weggefahren ist?«

»Nein, davon hat sie nie etwas gesagt. Ich wußte gar nicht, daß sie wegfahren wollte. Das habe ich erst dienstags von Mr. Parry erfahren.«

»Sie haben also erst dann gehört, daß Mrs. Parry in London war?«

Mrs. Gregg schüttelte den Kopf. »Nein, nein, sie ist nach Wood Lake gefahren ...«

»Woher wissen Sie das?« fragte Quinn.

»Mr. Parry hat es mir gesagt, als ich ...«

»Aha! Und er hat wohl auch davon gesprochen, daß sie am Freitag zurückkommen würde?«

»Nein, das hat er nicht erwähnt«, antwortete Mrs. Gregg. Sie warf Quinn einen vielsagenden Blick zu. »Das hätte mich bei den Zuständen in diesem Haus sogar überrascht, nicht daß es mir zustünde, darüber zu reden, aber wenn die arme Mrs. Parry tot ist, und ich besser als jeder andere weiß, warum sie es getan hat, nun, dann wäre es doch falsch, wenn ich den Mund halten würde, nicht wahr?«

»Grundfalsch«, bestätigte Quinn. »Wie haben die Dinge in letzter Zeit gestanden?«

»Schlecht, sehr schlecht! Die beiden haben natürlich von Anfang an nicht zusammengepaßt.« Mrs. Gregg sah sich rasch um. »Er war auch nicht mit Mrs. Parrys erstem Gatten zu vergleichen. Das war ein Gentleman! Mit dem hat es nie Streit gegeben.«

»Heißt das, daß die Parrys oft gestritten haben?« erkundigte Quinn sich.

Mrs. Gregg ließ die Arme sinken. »Nun, so würde ich es nicht ausdrücken. Ich möchte nicht sagen, daß die beiden gestritten haben. Sie hatten keine Zeit füreinander, wissen Sie. Oder sie hatte keine Zeit für ihn. Sie hat ihren Fehler zu spät bemerkt. Und danach war nichts mehr zu ändern.«

»Was hat sie zu spät gemerkt?« fragte Quinn.

»Nun, daß er ...« Mrs. Gregg warf Quinn erneut einen bedeutungsvollen Blick zu. »Daß er nicht ganz das Mannsbild war, das sie in ihm gesehen hatte, wenn Sie verstehen, was ich meine.«

»Nein, das verstehe ich nicht. Viele Frauen müssen feststellen, daß ihr Ehemann nicht ihren Erwartungen entspricht: Das ist sogar der Normalfall, glaube ich. Aber längst nicht alle Ehen enden wie diese hier.«

»Das wäre auch jammerschade!« meinte Mrs. Gregg. »Ich finde, daß man in einer Ehe zusammenhalten muß. Wir können eben nicht alle wie Mrs. Parry sein, nicht wahr?«

»Das verstehe ich nicht«, gab Quinn zu.

»Wir sind doch nicht alle gleich, was?« erkundigte die Zugehfrau sich.

»Nein, aber – ich fürchte, daß wir vom Thema abkommen.«

»Das ist das ganze Geheimnis. Mrs. Parry war reich. Ich bin es nicht. Und das macht doch einen Unterschied, nicht wahr? Oder glauben Sie, daß wir die Dinge mit gleichen Augen sehen würden?«

Quinn gab auf. »Nein«, murmelte er. »Sie haben völlig recht, Mrs. Gregg! Kommen wir also wieder zu Mr. Parry und seinen Fehlern. Was hat er Ihrer Meinung nach falsch gemacht?«

»Nun, darüber spreche ich eigentlich nicht gern«, antwortete Mrs. Gregg scheinbar widerstrebend. »Aber wenn Sie's unbedingt wissen wollen ...«

»Ich will es wissen«, bestätigte Quinn, »und die Polizei wird sich ebenfalls dafür interessieren. Vielleicht ist es deshalb ganz gut, wenn Sie schon mal überlegen, was Sie heute nachmittag dem Inspektor erzählen wollen.«

Mrs. Gregg sah sich nochmals nach der Küchentür um, bevor sie sagte: »Wissen Sie, ich habe schon immer die Ansicht vertreten, daß daran nicht der Mann schuld zu sein braucht. Viel hängt auch von seiner Frau ab. Für manche Frauen ist das nicht so wichtig, aber andere können gar nicht genug bekommen, wenn Sie wissen, was ich meine.«

»Jetzt verstehe ich, was Sie meinen! Aber woher wissen Sie, daß es in dieser Beziehung Schwierigkeiten zwischen den beiden gegeben hat?«

»Weil ich oft genug gehört habe, daß sie sich darüber beklagt hat! Ich habe nicht absichtlich gelauscht, aber sie hat . . .«

»Sie hat so laut gesprochen, daß Sie alles hören mußten?« warf Quinn ein.

»Richtig. Sie hat ihm oft vorgeworfen, er sei kein richtiger Mann, er hätte sie nicht heiraten dürfen, sie hätte es nie getan, wenn sie das gewußt hätte. Und eines Tages . . .«

»Ja?« fragte Quinn, als Mrs. Gregg zögerte. »Erzählen Sie ruhig weiter!«

»Ich weiß nicht, ob das richtig ist«, meinte sie zweifelnd. »Sie sind doch sein Freund und . . .«

»Keineswegs, Mrs. Gregg. Ich habe Mr. Parry erst gestern abend kennengelernt. Machen Sie sich also keine Sorgen! Von mir erfährt er nichts!« Quinn lächelte beruhigend. »Sprechen Sie sich nur aus. Was ist also an diesem fraglichen Tag passiert?«

Mrs. Gregg trat zu ihm ins Freie und schloß die Haustür hinter sich. »Die beiden müssen gedacht haben, ich wäre schon gegangen, aber ich hatte etwas vergessen und bin noch einmal zurückgekommen; sie haben sich nicht mehr bemüht, leise zu sprechen, und ich mußte einfach hören, was sie . . .« Sie mußte eine Pause machen, um tief Luft zu holen.

»Sie mußten die beiden einfach hören«, stimmte Quinn zu. »Was haben sie gesagt?«

»Es ging um seine Trinkerei. Sie hat ihm vorgeworfen, er sei im Bett nicht viel wert, weil er soviel trinke. Er hat behauptet, sie denke immer nur ans Bett. Sie habe damit vielleicht ihren ersten Mann umgebracht, aber er lasse sich nicht umbringen. Das war nicht gerade nett, nicht wahr?«

»Das hängt von den Umständen ab«, erwiderte Quinn. »Was hat sie gesagt?«

»Ich habe nicht alles verstanden. Aber sie hat ihn gewarnt, nicht alles für selbstverständlich zu halten, und ihm vorgeworfen, er denke nur an sich selbst. Ihm sei es ganz gleichgültig, ob sie im nächsten Augenblick tot umfalle, denn dann habe er keine Geldsorgen – und alles andere sei ihm ohnehin gleichgültig.« Mrs. Gregg schüttelte traurig den Kopf. »Jetzt ist die Arme tot, und er hat, was er wollte. Natürlich hat er nichts damit zu tun gehabt – aber das Ganze macht einen doch nachdenklich, nicht wahr?«

»Sie haben völlig recht, Mrs. Gregg«, stimmte Quinn zu. »Ich gehe jetzt spazieren, um in Ruhe nachdenken zu können. Falls jemand mich braucht, bin ich gegen zwei Uhr zurück. Richten Sie bitte Mrs. Ford oder Miss Stewart aus, daß ich unterwegs esse.«

10

Quinn wanderte über die Hügel in der Umgebung von Castle Lammering und dachte dabei an Michael Parry. Carole hatte recht: Parrys Leben hätte anders ausgesehen, wenn er eine Frau geheiratet hätte, für die er hätte sorgen müssen. Aber er hatte Pech gehabt. Adele war keine gewöhnliche Frau gewesen. Ihr Geld und ihre physischen Bedürfnisse hatten allen Ehrgeiz zerstört, den er früher besessen haben mochte. Und als er erkannte, zu welcher Farce sein Leben geworden war, hatte er zu trinken begonnen.

Und er weiß, daß die anderen das wissen, dachte Quinn. Ich würde ihn bemitleiden, wenn ihn irgend etwas daran gehindert hätte, sich von ihr zu trennen. Er war gesund und intelligent genug, um sich seinen Lebensunterhalt selbst zu verdienen. Aber er hatte nicht die moralische Kraft, um sich aus seinem Kokon zu befreien. Die dadurch entstandene Situation konnte nicht ewig in der Schwebe bleiben. Adele muß sich einen Liebhaber genommen haben – und Parry muß davon erfahren haben . . .

Sie kann ihn angerufen haben, um ihm mitzuteilen, daß sie schon nachmittags zurückkommen würde, er kann sie in Salisbury abgeholt haben, vielleicht hat sie ihm unterwegs erklärt, sie wolle sich scheiden lassen und habe ihre Anwälte angewiesen, ein Testament aufzusetzen, in dem er nicht mehr oder fast nicht berücksichtigt werde.

Andererseits kann sie auch von Dr. Bossard abgeholt und nach Hause gebracht worden sein. Die gleichen Umstände – ein anderes Motiv. Mrs. Ford, Miss Wilkinson und Mrs. Gregg haben Adele Parry ausführlich genug charakterisiert.

Dazu kommt noch die Sache mit dem offenen Kofferraum, überlegte Quinn sich. Carole und ich haben ihn gleich nach unserer Ankunft gesehen. Vielleicht hat Michael ihn offengelassen, weil er die Leiche seiner Frau abtransportieren wollte, aber Adele ist langsamer gestorben, als er erwartet hatte, und Carole und ich sind unerwartet früh angekommen, so daß er Adele ins Kinderzimmer schaffen mußte, wo niemand sie finden würde . . .

Damit hast du dich bereits befaßt, sagte er sich. Als kluger Mann würdest du verschwinden und die ganze Sache vergessen. Sie geht dich schließlich nichts an. Du hast Urlaub! Jetzt hast du schon zwei Tage vergeudet. Am besten reist du ab und läßt die Leute in Elm Lodge in ihrem eigenen Saft schmoren.

Vielleicht ist nie mehr festzustellen, warum und wie Adele Parry gestorben ist. Und was geht dich das an? Du brauchst nicht einmal in das Haus zurückzugehen. Die Sachen, die dort liegen, gehören ohnehin nicht dir. Am besten fährst du mit dem Bus nach Blandford und von dort aus nach London weiter. Dann kannst du morgen wirklich Urlaub machen – diesmal allein.

Auf diesem Weg ist Adele am letzten Montag nach London gefahren, fiel ihm ein. Die Polizei wird feststellen, daß sie von einem Taxi abgeholt und nach Blandford gefahren worden ist. Inspektor Elvin wird auch herausbekommen, ob sie in London bei ihren Anwälten war – und was sie dort besprochen hat. Ob es ihr Mann war? Oder Bossard? Oder hat sie vielleicht doch Selbstmord begangen?

Quinn machte kehrt und marschierte in Richtung Castle Lammering. Von dort aus fuhr er um Viertel vor zwölf nach Blandford.

Die kleine Stadt machte an diesem schönen Sommertag einen netten Eindruck, aber Quinns Reise hatte nur den Zweck, ihm zu beweisen, daß in unmittelbarer Nähe der Bushaltestelle eine Telefonzelle stand. Nachdem er einen kleinen Rundgang gemacht hatte, fuhr er mit dem nächsten Bus nach Castle Lammering zurück.

Unterdessen war es zwanzig nach eins, und Quinn begann hungrig zu werden. Er beschloß deshalb, dem ›Bird-in-Hand‹ einen Besuch abzustatten. Vielleicht gab es dort kaltes Bier und einen eßbaren Sandwich – und vielleicht war der Wirt erfreulich redselig.

In dem Pub herrschte um diese Zeit ziemlicher Betrieb. Die Männer an der Bar schienen alte Stammgäste zu sein; sie starrten Quinn an, als er hereinkam, und führten dann ihr unterbrochenes Gespräch weiter. Einige von ihnen nickten Quinn freundlich zu.

Quinn bestellte ein Bier und einen Sandwich.

»Sie sind wohl nur auf der Durchfahrt?« erkundigte der Wirt sich, während er das Bier zapfte.

»Nein, ich wohne oben in Elm Lodge. Mr. Parry ist hier Stammgast, nicht wahr?«

»Ja, das kann man wohl sagen«, stimmte der Wirt zu und stellte das Glas auf den Bierdeckel vor Quinn. »Aber heute wird er nicht kommen, nehme ich an.«

»Das glaube ich auch«, stimmte Quinn zu.

»Eine scheußliche Sache, was?«

»Für die Hinterbliebenen ist es am schlimmsten, heißt es immer«, sagte Quinn.

»Ja, Sie haben recht. Wie trägt er es?«

»Mit Fassung«, antwortete Quinn.

»Richten Sie ihm unser herzliches Beileid aus?«

»Wird gemacht«, versprach Quinn ihm.

Der Wirt nickte. »Ja, ja, so ist das Leben. Jetzt muß ich mich um Ihren Sandwich kümmern.«

Quinn trank sein Bier, hörte bei den Gesprächen der anderen Gäste zu und genoß die Kühle des Schankraums.

Dann kam der Wirt zurück. »Hier! Rinderbraten mit sauren Gurken auf frischem Brot. Na, was halten Sie davon?«

»Klingt gut und sieht gut aus«, sagte Quinn. Er biß ab. »Schmeckt auch gut. Mein Kompliment für die Chefin.«

»Geld wäre ihr lieber«, erklärte ihm der Wirt. »Dafür tut sie alles – oder beinahe alles.«

Quinn zahlte, spendierte dem Wirt ein Bier und fragte dann: »Wie haben Sie übrigens von Mrs. Parrys Tod erfahren?«

»Oh, auf die übliche Weise. Der Milchmann hat es von einer Kundin gehört, die mit Mrs. Parry befreundet war. Er hat es dem Postboten gesagt, der es Mary Kemp erzählt hat, die im Dorf einen Laden führt, und Mary Kemp hat es mir mitgeteilt – alles innerhalb einer Viertelstunde.«

»Erstaunlich!« meinte Quinn.

»Ja, bei uns geht das schnell. Hätte Marconi in Castle Lammering gewohnt, hätte er sich nicht die Mühe gemacht, das Radio zu erfinden.« Der Wirt hob sein Glas. »Auf Ihr Wohl. Weiß übrigens jemand, wann Mrs. Parry nach Hause gekommen ist?«

»Noch nicht«, gab Quinn zu. »Ich dachte, der Buschtelegraf liefert alle Antworten?«

»Nein, nein, er berichtet nur von Dingen, die gesehen oder gehört worden sind, und sie ist anscheinend nicht gesehen worden. Ich habe natürlich gewußt, daß sie die ganze Woche lang fort war, denn seit Montag ist Mr. Parry länger als sonst hiergeblieben.«

»Aber gestern war er nicht hier, nicht wahr? Soviel ich gehört habe, war er in Poole, hat dort gegessen und etwas getrunken und ist dann nach Hause gefahren, um sich auszuschlafen.«

Der Wirt schüttelte den Kopf. »Das stimmt nicht ganz. Er war in Poole und hat dort etwas getrunken, aber das hat ihn nicht davon abgehalten, auf der Rückfahrt hier einzukehren.«

»Komisch, daß er sich nicht daran erinnert«, meinte Quinn.

»Das ist gar nicht so komisch. Als er um halb zwei hereingekommen ist, habe ich ihm gleich angemerkt, daß er schon ziemlich viel getrunken hatte – obwohl er einen guten Schluck verträgt.«

»Ja, ich weiß«, stimmte Quinn zu.

»Aber selbst für jemand wie Mr. Parry gibt es natürlich irgendwo eine Grenze. Ich habe ihm geraten, nach Hause zu fahren und sich ins Bett zu legen, nachdem er zwei doppelte Whiskies getrunken hatte. Ich wollte ihn sogar dazu überreden, zu Fuß nach Hause zu gehen – aber davon wollte er nichts hören.«

»Immerhin ist es Ihnen gelungen, ihn früher als sonst nach Hause zu schicken«, stellte Quinn fest.

»Aber nur deshalb, weil er wütend war«, antwortete der Wirt. »Als ich vorgeschlagen habe, er solle den Wagen hierlassen und zu Fuß nach Hause gehen, hat er mir erklärt, das sei seine Sache. Er flucht sonst nie, aber gestern hat er mir ein paar nette Ausdrücke an den Kopf geworfen, bevor er hinausgestürmt ist. Als er weg war, habe ich gesehen, daß er seinen letzten Whisky nicht einmal angerührt hatte. Das sieht ihm eigentlich nicht ähnlich.«

»Wahrscheinlich war er so blau, daß er gar nicht gewußt hat, was er sagte«, meinte Quinn. »An Ihrer Stelle würde ich ihm das nicht übelnehmen. Er kann sich übrigens an nichts mehr erinnern.«

Der Wirt grinste. »Bevor ich beleidigt bin, muß einer mir schon ganz andere Sachen an den Kopf werfen! Ich denke nicht daran, Mr. Parry etwas übelzunehmen. Er war bestimmt nicht ganz bei sich, sonst wäre er nicht schon vorzeitig hinausgelaufen.«

»Wann schließen die Pubs hierzulande?« wollte Quinn wissen.

»Wie überall sonst. Ab drei Uhr wird nichts mehr ausgeschenkt – und um zehn nach drei sperren wir zu.«

»Folglich muß mein Freund Parry den Bird-in-Hand vor zehn nach drei verlassen haben«, stellte Quinn fest. »Anscheinend war er ziemlich wütend, wenn er seinen Whisky vergessen hat.«

»Ich kann Ihnen versichern, daß er keinen brauchte«, antwortete der Wirt. »Er hatte schon mehr als genug – und das ist noch untertrieben. Aber Sie erzählen doch nichts weiter? Ich möchte ihn nicht als Gast verlieren.«

»Von mir erfährt er nichts«, versprach Quinn ihm.

Quinn kam kurz vor zwei nach Elm Lodge zurück. Irene Ford und Carole sonnten sich im Garten. Michael Parry war in seinem Zimmer, um einige Briefe zu schreiben. Neil Ford war nach Ringwood gefahren.

»Dort hat er sein Geschäft«, erklärte Carole Quinn. »Angeblich muß er nach dem Rechten sehen, aber ich glaube, daß er sich nur gelangweilt hat. Er kommt zum Abendessen zurück und ...«

»Bis dahin kann ich es hoffentlich ohne ihn aushalten«, unterbrach Quinn sie. »Hat jemand für mich angerufen?«

»Nein. Wo haben Sie bis jetzt gesteckt?«

»Ich bin über die Hügel gewandert und habe im Bird-in-Hand eine Kleinigkeit gegessen und ein Bier getrunken. Und womit haben Sie sich amüsiert?«

Carole runzelte die Stirn. »Reden Sie keinen Unsinn! Wenn Michael mich nicht gebeten hätte, noch zu bleiben, wäre ich heute morgen abgefahren – und würde nie mehr zurückkommen. Ich habe das Gefühl, hier in einem ...«

»Sie fühlen sich wie in einem Leichenhaus«, fuhr Quinn an ihrer Stelle fort. »Sie haben eine gute Freundin verloren und sind deshalb deprimiert. Sie brauchen einen Tapetenwechsel.«

»Ja, ich weiß. Aber ich muß hierbleiben.«

»Trotzdem gibt es eine Möglichkeit, sich alle diese unangenehmen Dinge vom Hals zu schaffen«, behauptete Quinn.

»Die möchte ich wissen!«

»Ganz einfach. Warum erklären Sie Ihrem bußfertigen Ehegatten nicht, er könne heimkommen, weil alles vergeben und vergessen sei?«

Carole warf ihm einen eisigen Blick zu. »Ich weiß etwas noch Besseres, Mr. Quinn. Warum hören Sie nicht auf, sich in die Angelegenheiten anderer Leute einzumischen?«

Um halb drei begann im Fernsehen die Übertragung eines Krikketspiels. Quinn verfolgte es ohne sonderliches Interesse, rauchte zwei oder drei Zigaretten und döste in einem großen Sessel vor sich hin. Alles wäre ganz friedlich gewesen – wenn er Adele Parrys schönes Gesicht hätte vergessen können.

Inspektor Elvin kam um zwanzig vor vier. Quinn ließ ihn ein, erzählte ihm, was Miss Wilkinson ihm über Dr. Bossard mitgeteilt hatte, und fragte dann: »Was haben Sie in London festgestellt?«

»Der Ausflug hat sich gelohnt, Mr. Quinn«, antwortete Elvin zufrieden. »Mrs. Parry hat tatsächlich im Hotel Cavendish gewohnt. Sie ist am Montagnachmittag angekommen und bis gestern morgen dort geblieben. Sie hat keinen Besuch und keine Anrufe bekommen, hat in ihrem Zimmer gefrühstückt, war tagsüber in der Stadt unterwegs und hat fast jeden Abend im Hotelrestaurant gegessen. Kurz und gut – sie hat sich wie eine wohlhabende, anständige verheiratete Frau benommen.«

»Die einen Geliebten hatte«, warf Quinn ein.

Elvin schob die Lippen vor. »Das muß erst bewiesen werden, Mr. Quinn.«

»Ich glaube es schon jetzt. Wir wissen von Mrs. Ford, daß ihre Schwägerin sich scheiden lassen wollte.«

»Deshalb braucht sie nicht gleich einen Geliebten gehabt zu haben. Vielleicht hatte sie nur ihren trunksüchtigen Mann satt. Das ist so logisch wie . . .«

»Mrs. Gregg, die Zugehfrau, hat dazu auch etwas beizusteuern«, unterbrach Quinn ihn.

Der Inspektor hörte sich schweigend an, was Quinn zu berichten hatte, und nickte dann langsam. »Ja, das weist in eine bestimmte Richtung, das gebe ich zu. Aber die Reise nach London scheint nicht mit einem Rendezvous verbunden gewesen zu sein. Im Hotel hat sie jedenfalls keinen Besuch bekommen.«

»Läßt sich das wirklich feststellen? Selbst ein Luxushotel wie das Cavendish kann nicht auf alle Gäste achten – und das ist auch gar nicht erwünscht. Was für ein Zimmer hatte Mrs. Parry übrigens?«

»Eine der besten Suiten«, antwortete der Inspektor. »Allerdings mit einem Doppelbett, weil keine andere frei war – sie hatte sich nicht angemeldet.«

»Aha!« sagte Quinn. »Dann hätte ein Mann also bequem die Nacht bei ihr verbringen können, nicht wahr? Schließlich brauchte er nur geradewegs in ihr Zimmer zu kommen und es morgens zu verlassen, bevor die Zimmermädchen zu arbeiten begannen. Habe ich recht?«

Inspektor Elvin nahm eine Hand aus der Hosentasche, betrachtete sie nachdenklich und steckte sie in die Tasche zurück. »Natürlich haben Sie recht«, gab er zu. »Aber ich möchte doch einwenden, daß zwei Menschen, die es darauf anlegen, auch mit einem Bett zurechtkommen. Die bloße Tatsache, daß Mrs. Parry eine Suite mit Doppelbett hatte, beweist noch gar nichts.«

»Mich würde es trotzdem interessieren, ob Doktor Bossard diese Woche einen oder zwei Abende nicht zu Hause verbracht hat«, meinte Quinn.

»Warum muß es gerade Doktor Bossard sein? Vielleicht hat Mrs. Parry mehrere Liebhaber gehabt. Daß eine unverbesserliche Klatschbase behauptet, bei seinen Besuchen in Elm Lodge sei nicht alles mit rechten Dingen zugegangen, ist noch längst kein Beweis.«

»Was haben Sie noch herausbekommen, Inspektor?«

»Mrs. Parry hat vom Hotel aus zwei Telefongespräche geführt«, antwortete Elvin. »Eines nach Ringwood, wo ihre Schwägerin wohnt ...«

»War das das Gespräch, von dem Mrs. Ford mir erzählt hat?«

»Ja, das muß es gewesen sein. Die andere Nummer war die einer Anwaltsfirma in Haymarket: Cockburn, Watling and Company. Ich habe dort angerufen und den älteren Watling erwischt, bevor er ins Wochenende fahren konnte. Zwei Minuten später wäre er fort gewesen, und wir hätten erst am Montag erfahren, was Mrs. Parry am Donnerstagnachmittag mit ihm besprochen hat.«

»Wegen eines Testaments?«

»Ganz recht. Sie war am Spätnachmittag bei ihm. Er bekam den Auftrag, ihr Testament aufzusetzen, das sie Anfang nächster Woche in London unterzeichnen wollte.«

»Wenn das wahr ist, scheidet Selbstmord aus«, murmelte Quinn.

»Oh, ich zweifle keineswegs am Wort dieses ...«

»Ich auch nicht«, unterbrach Quinn ihn. »Ich frage mich nur, ob sie wirklich nach London zurückwollte.«

Inspektor Elvin nickte langsam. »Das habe ich mir auch schon überlegt. Aber es wäre doch unsinnig gewesen, einen Termin zu vereinbaren, den man von Anfang an nicht einhalten wollte, nicht wahr? Und aus Mrs. Fords Aussage geht eigentlich klar hervor, daß es Adele Parry darauf ankommen mußte, dieses Testament so schnell wie möglich zu unterschreiben.«

»Was nur bedeuten kann, daß es hauptsächlich ihren Mann betrifft«, stellte Quinn fest.

»Er hatte alles zu gewinnen oder zu verlieren«, bestätigte Elvin. »Mrs. Parry hat Watling erklärt, sie wolle am Wochenende mit ihrem Mann darüber sprechen.«

»Wieviel sollte er bekommen?«

»Wenn er bereit war, sich von ihr scheiden zu lassen, wollte sie ihm unwiderruflich 20 000 Pfund vermachen. Außerdem sollte seine Bereitwilligkeit durch Barzahlung honoriert werden: 5000 Pfund zu Beginn des Scheidungsprozesses, weitere 5000 Pfund, sobald das Urteil rechtskräftig geworden war.«

»Und wenn er sich weigerte?«

»Dann sollte er überhaupt nichts bekommen. Mrs. Parry wollte das Haus verkaufen, ins Ausland ziehen und ihn mittellos zurücklassen.«

»Hätte er dagegen etwas tun können?«

»Nicht, daß ich wüßte«, antwortete der Inspektor.

»Er war ihr also ausgeliefert«, stellte Quinn fest. »Wer sollte den Rest bekommen?«

»Nach Abzug der Erbschaftssteuern und der 20 000 Pfund, die Parry zustanden, wenn er ein braver Junge war, sollten die restlichen 190 000 Pfund an verschiedene Wohltätigkeitsorganisationen gehen. Die einzige andere Erbin wäre Miss Carole Stewart gewesen, die Mrs. Parrys Schmuck bekommen sollte.«

»Wieviel ist er wert? fragte Quinn sofort.

»Nun, er war auf 8000 Pfund versichert ...«

»Nicht übel«, meinte Quinn anerkennend. Er zweifelte jetzt nicht mehr an Miss Wilkinsons Story. Adele mußte Bossards Geliebte gewesen sein und irgendwann erfahren haben, daß er mit Carole Stewart verheiratet war. Mit dieser Geste hatte sie ihr schlechtes Gewissen beschwichtigen wollen.

»Was soll das heißen?« fragte Inspektor Elvin.

»Was ich gesagt habe. Ich hätte nichts dagegen, wenn mir jemand Schmuck für 8000 Pfund vermachen würde.«

»Aber Mrs. Parry war noch jung. Normalerweise würde sie Sie überleben.«

»Unter normalen Umständen hätte sie wahrscheinlich auch ihren Mann überlebt«, wandte Quinn ein.

Elvin nickte zustimmend. »Michael Parry konnte sich ausrechnen, daß es dreißig bis vierzig Jahre dauern würde, bis er die 20 000 erbte – wenn er dann noch lebte. Wirklich sicher waren ihm nur die 10 000 Pfund für die Scheidung. Das ist nicht viel, wenn man überlegt, daß seine Frau weit über 200 000 Pfund besaß.«

»Für ihn war sie nur 10 000 wert«, stellte Quinn fest. »Es sei denn, sie wäre gestorben, bevor sie das Testament unterschreiben konnte.«

Inspektor Elvin zählte drei Punkte an den Fingern ab. »Mittel, Motiv und Möglichkeit. Kommen Sie, wir gehen nach oben und hören uns an, ob Mr. Michael Parry jetzt bereit ist, die Wahrheit zu sagen.«

11

Parry saß an einem kleinen Tisch am Fenster des Schlafzimmers und schrieb Briefe. Er sah unwillig auf, als der Inspektor und Quinn hereinkamen. »Ich habe kein Klopfen gehört«, sagte er laut. Aber aus seinem Blick sprach mehr Angst als Trotz.

»Vielleicht waren Sie in Gedanken woanders«, meinte Elvin.

»Oder vielleicht haben Sie gar nicht angeklopft. Ich habe jetzt keine Zeit. Wie Sie sehen, bin ich beschäftigt.«

»Sie können hier mit mir sprechen oder mich nach Blandford aufs Polizeirevier begleiten«, erklärte der Inspektor ihm. »Was ist Ihnen lieber?«

Parry zuckte mit den Schultern. »Was bleibt mir schon anderes übrig – ich wähle das geringere Übel und bleibe hier.« Er sah zu Quinn hinüber. »Auf wessen Seite stehen Sie eigentlich?«

»Auf der Ihrer Frau«, sagte Quinn. »Finden Sie nicht auch, daß wir einmal an sie denken sollten?«

Michael Parry spielte mit dem Kugelschreiber. Seine Finger zitterten. »Das war ein Tiefschlag«, stellte er fest. Er wandte sich an Elvin. »Okay, jetzt sind Sie an der Reihe. Was haben Sie mir zu sagen?«

»Ich habe Grund zu der Annahme, daß Sie mir gestern nicht die Wahrheit gesagt haben, Mr. Parry. Deshalb ...«

»Ich habe nicht gelogen, verdammt noch mal!« protestierte Parry. »Wie kommen Sie zu dieser Behauptung?«

»Sie haben ausgesagt, Ihre Frau sei am Montagnachmittag nach Wood Lake gefahren.«

»Und?«

»Das stimmt nicht, Mr. Parry. Sie ist seit zwei Monaten nicht mehr dort gewesen.«

Parry schloß sekundenlang die Augen. »Ich habe Ihnen nur gesagt, was sie mir erzählt hat«, murmelte er dann. »Ich dachte, sie sei tatsächlich dorthin unterwegs. Wäre ich sonst nach Blandford gefahren, um sie abzuholen?«

Elvin nickte. »Für Sie ist das vielleicht nur eine rhetorische Frage, Mr. Parry – aber wir kommen noch darauf zurück. Können Sie sich vorstellen, wohin Ihre Frau am Montagnachmittag gefahren ist?«

»Nein. Sie hat ein Taxi kommen lassen, um nach Blandford zu fahren. Ich habe ihren Koffer hinausgetragen. Sie können sich bei dem Taxiunternehmen erkundigen, ob ...«

»Das haben wir bereits getan«, unterbrach Elvin ihn. »Der Fahrer bestätigt Ihre Aussage. Aber er weiß natürlich nicht, wohin sie dann wollte.«

»Ich auch nicht!«

»Sie ist nach London gefahren und dort bis Freitagmorgen in

einem Hotel geblieben, Mr. Parry. Wie erklären Sie sich das, wenn sie doch ursprünglich nach Wood Lake fahren wollte?«

Michael Parry strich sich den Schnurrbart. »Sie muß ihren Entschluß geändert haben. Aber ich wüßte keinen Grund dafür.«

»Hat Ihre Frau gesagt, daß sie am Freitagabend mit dem Bus zurückkommen würde?«

»Ja.«

»Sollten Sie sie von diesem Bus abholen?«

»Ja.«

»Hat sie nach ihrer Abreise nochmals Verbindung mit Ihnen aufgenommen?«

»Nein.«

»Gut, kommen wir also zum nächsten Punkt«, sagte der Inspektor. »Ihre Frau hat ihr Londoner Hotel gestern morgen verlassen. Von diesem Zeitpunkt an lassen ihre Bewegungen sich nicht mehr rekonstruieren. Sie war nicht in dem Bus und ist nicht mit dem Taxi gefahren, das steht fest. Wie ist sie also nach Hause gekommen?«

»Wenn ich das wüßte, würde ich es Ihnen sagen«, antwortete Parry. »Ich habe nichts zu verbergen.«

»Halten Sie es für möglich, daß sie sich von Salisbury aus von irgendeinem Autofahrer hat mitnehmen lassen?« erkundigte der Inspektor sich.

»Das weiß ich nicht, aber ich bezweifle es«, erwiderte Parry zögernd, als fürchte er, etwas Falsches zu sagen.

»Ich auch«, stimmte Elvin zu. »Hören Sie, Mr. Parry – wäre es nicht einfacher für uns alle, wenn Sie endlich die Wahrheit sagen würden?«

»Das habe ich bereits getan! Ich habe nichts mit dem Tod meiner Frau zu schaffen gehabt!«

»Aber Sie gebrauchen trotzdem Ausflüchte. Sie haben zugegeben, daß Sie sich mit Ihrer Frau gestritten haben, bevor sie weggefahren ist, nicht wahr?«

»Nein, wir haben nur eine Meinungsverschiedenheit gehabt!«

»Aha. Aber Ihre Frau war wütend, als sie wegfuhr?«

»Wütend ist der falsche Ausdruck. Sie war ungeduldig und – und ein bißchen durcheinander.« Parry zögerte, bevor er hinzufügte: »Sie hat sich wegen einer Kleinigkeit aufgeregt. Deshalb wollte sie wegfahren, um in Ruhe über alles nachdenken zu können.«

»Wollte sie über ihr Verhältnis zu Ihnen nachdenken?« erkundigte der Inspektor sich.

»Ja«, antwortete Parry bedrückt.

»Hat sie Ihnen gesagt, wie lange sie wegbleiben wollte?«

»Bis zum Wochenende«, erwiderte Parry.

»Wußten Sie, wohin sie wollte?«

»Nicht von Anfang an«, gab Parry zögernd zu. »Ich habe sie danach gefragt, aber sie wollte es mir nicht sagen. Als ich ihr erklärt habe, die Leute würden sich wundern, wenn ich es nicht wüßte, hat sie mir geraten, ihnen einfach zu sagen, sie sei nach Wood Lake gefahren.«

»Haben Sie angenommen, daß sie dorthin fahren würde?«

»Nein.«

»Aber Sie haben anderen Leuten erzählt, Ihre Frau sei dort?«

»Nein, das war mir ganz gleichgültig«, behauptete Michael Parry. »Ich wollte nur nicht in Verlegenheit kommen, weil sie ...«

»Warum sollte die Reise Ihrer Frau Sie in Verlegenheit bringen?« erkundigte Elvin sich. »Weil Sie den Verdacht hatten, sie würde nicht zurückkommen?«

»Nein, daran habe ich nicht gedacht! Adele hat mir erklärt, sie werde am Freitagabend zurück sein. Ich sollte sie vom Bus abholen. Das ist die Wahrheit!«

»Hat Ihre Frau bei dieser oder einer anderen Gelegenheit von Scheidung gesprochen, Mr. Parry?«

»Ja, schon mehrmals.«

»Warum wollte sie sich scheiden lassen?«

Parry sah aus dem Fenster. »Ach, sie hatte eigentlich gar keinen Grund«, sagte er dann mit einer wegwerfenden Handbewegung. »Ich weiß, daß das nicht ihr Ernst war. Wir sind schließlich nicht schlechter als die meisten Ehepaare miteinander ausgekommen ...«

»Wußten Sie, daß Ihre Frau einen Geliebten hatte?« unterbrach Inspektor Elvin ihn.

»Das ist gelogen!« behauptete Parry, ohne überzeugend zu wirken. »Das ist eine gemeine Lüge!«

»Leider nicht, Mr. Parry. Meine Informationen lassen keinen anderen Schluß zu. Und ich glaube, daß Sie davon gewußt haben. Habe ich recht?«

»Nein! Ich verbitte mir, daß Sie . . .«

»Aber Sie dachten nicht daran, etwas dagegen zu unternehmen«, stellte der Inspektor fest. »Solange dieser andere Mann Ihre Frau bei Laune hielt, konnten Sie vorgeben, nichts zu wissen. Sie wollten, daß alles unverändert blieb, weil Ihnen Ihr bisheriger Lebensstil sehr zusagte.«

»Hoffentlich können Sie Ihre Behauptungen auch beweisen, sonst bringe ich Sie damit in Schwierigkeiten«, antwortete Parry. »Sie können sich darauf verlassen, daß ich das tue!«

»Geben Sie sich keine Mühe, Mr. Parry«, wehrte Elvin ab. »Ich kann beweisen, daß Ihre Frau ein Verhältnis mit einem anderen hatte, und ich weiß, daß sie versucht hat, Sie zu bestechen, damit Sie zur Scheidung bereit waren. Damit meine ich natürlich ihr Testament.«

»Wirklich? Dann irren Sie sich gewaltig. Meine Frau hat nämlich nie ein Testament gemacht.«

»Doch, Mr. Parry! Ich habe mit einem ihrer Anwälte gesprochen. Er sollte ein Testament für Ihre Frau aufsetzen und einen Vertrag vorbereiten, der Ihnen 10 000 Pfund zusicherte, wenn Sie sich von ihr scheiden ließen.«

Parry starrte ihn an. »Wann war das?«

»Am vergangenen Donnerstag. Ihre Frau wollte die beiden Schriftstücke am Montag unterschreiben, sobald sie am Wochenende mit Ihnen darüber gesprochen hatte.«

»Und Sie glauben, daß sie mir davon erzählt hat?« erkundigte Parry sich. Er war jetzt sichtlich nervös. »Sie halten mich für einen Lügner, wenn ich Ihnen sage, daß ich seit letzten Montag nichts mehr von ihm gehört habe?«

»Die Tatsachen machen es mir schwer, Ihnen etwas zu glauben«, gab der Inspektor zu. »Wenn ich versuche, Ihre gestrigen Bewegungen zu verfolgen, stoße ich überall auf Schwierigkeiten. Vielleicht können Sie mir den Namen Ihres Friseurs in Poole sagen; vielleicht kann er bestätigen, wann Sie bei ihm waren – aber auch das umfaßt nur einen sehr kurzen Zeitraum. Wie soll ich herausbekommen, wo Sie zwischen dem Friseurbesuch und halb vier Uhr nachmittags waren?«

»Das habe ich Ihnen schon erklärt! Ich war in einer Bar in Poole, bin auf dem Heimweg im Bird-in-Hand eingekehrt und...«

»Richtig, das haben Sie angegeben«, unterbrach Elvin ihn. »Aber wer kann mir das bestätigen?«

Parry schob seinen Stuhl zurück und stand auf. »Darum brauche ich mich nicht zu kümmern«, stellte er aggressiv fest. »Das ist Ihre Pflicht, Inspektor.«

Elvin schüttelte den Kopf. »Sie irren sich, Mr. Parry, das ist keineswegs meine Pflicht. Aber ich habe trotzdem Ermittlungen anstellen lassen, die bisher erfolglos verlaufen sind. Und ich glaube, daß das nur daher kommt, daß Sie mir nicht wahrheitsgemäß erklärt haben, was Sie gestern vormittag getan haben.«

»Doch, das habe ich! Ich habe Ihnen genau erzählt, was ich alles getan habe. Wenn Sie Mrs. Gregg fragen ...«

»... sagt sie mir, daß Sie um elf Uhr weggefahren sind. Und der Friseur erklärt mir, Sie seien zwischen halb zwölf und zwölf bei ihm gewesen. Das glaube ich alles. Aber der Zeitraum zwischen zwölf und halb drei ist mir völlig unklar.«

Parry winkte resigniert ab und wandte sich an Quinn. »Wie überzeugen Sie einen Mann davon, daß Sie die Wahrheit sagen, wenn er Sie bereits für einen Lügner hält?«

»Jedenfalls nicht durch rhetorische Fragen«, antwortete Quinn. »An Ihrer Stelle würde ich es mit völliger Offenheit versuchen, auch wenn Ihnen das unter Umständen peinlich ist.«

»Ich habe alles offen und ehrlich gesagt, verdammt noch mal!« protestierte Michael Parry. »Aber er hat es sich in den Kopf gesetzt, daß ich lüge, und läßt sich nicht mehr davon abbringen.«

»Nein, Sie irren sich«, antwortete der Inspektor gelassen. »Aber ich erzähle Ihnen gern, was ich denke, und Mr. Quinn kann anschließend sagen, was er davon hält. Einverstanden?«

»Das nenne ich eine rhetorische Frage!« rief Parry aus. »Wer Ihnen zuhört, könnte fast glauben, ich wäre in der Lage, Sie davon abzuhalten, etwas zu tun oder zu sagen.«

»Schon gut, schon gut«, wehrte der Inspektor ab. »Seitdem ich heute morgen mit dem Anwalt Ihrer Frau gesprochen habe, bin ich der Meinung, daß sich folgendes ereignet haben muß: Sie sind von Poole aus nach Salisbury gefahren und haben Ihre Frau vom Zug abgeholt. Unterwegs hat sie Ihnen von dem Testament erzählt, das Mr. Watling für sie aufsetzen sollte . . .«

Michael Parry hörte mit offenem Mund zu. Er wirkte ehrlich verblüfft.

»Wenn Ihre Frau mit dem Zug um fünf vor eins angekommen ist, können Sie dieses Haus bis Viertel vor zwei erreicht haben. Folglich hätten Sie Zeit gehabt, Ihrer Frau den mit einem Schlafmittel versetzten Cognac einzuflößen und die Wirkung abzuwarten, bevor Sie gegen halb drei im Bird-in-Hand erschienen. Verstehen Sie, was ich gesagt habe?«

»Nein«, antwortete Parry verwirrt. »Ich weiß überhaupt nicht mehr, was ich denken soll. Haben Sie mir nicht gestern erklärt, Adele müsse das Zeug gegen halb vier eingenommen haben?«

»Solche Schätzungen sind nie ganz zuverlässig«, erwiderte Elvin. »Es ist durchaus möglich, daß Doktor Bossard den Todeszeitpunkt Ihrer Frau eine Stunde zu spät angegeben hat. In diesem Fall hätte sie natürlich auch das tödlich wirkende Schlafmittel früher einnehmen müssen.«

Parry tastete nach seinem Stuhl und setzte sich, als sei er plötzlich sehr müde. Dann sah er zu Inspektor Elvin auf und fragte: »Glauben Sie das – glauben Sie das wirklich?«

»Nicht unbedingt«, gab Elvin zu. »Aber unter Berücksichtigung aller Umstände erscheint mir das als faire Rekonstruktion des möglichen Ablaufs der Ereignisse.«

»Vielleicht haben Sie recht, Inspektor. Vielleicht hat jemand Adele in Salisbury abgeholt und nach Hause gefahren. Aber ich war es nicht! Ich habe sie am Montagnachmittag zum letztenmal lebend gesehen!« Parry warf Quinn einen hilfesuchenden Blick zu. »Was sagen Sie dazu? Sind Sie etwa seiner Meinung?«

»Nein«, antwortete Quinn sofort. »Ich glaube nicht, daß Doktor Bossard sich so sehr geirrt haben kann.«

»Irren ist menschlich«, warf Elvin ein. »Und Bossard ist auch nur ein Mensch, nicht wahr?«

»Durchaus«, stimmte Quinn zu. »Sogar ein so schwacher Mensch, daß er Parrys Frau nicht widerstehen konnte.«

»Das dürfen Sie nicht behaupten! Er könnte Sie . . .«

»Er könnte wegen Verleumdung gegen mich vorgehen«, unterbrach Quinn den Inspektor. »Niemand kann beweisen, daß sie seine Geliebte war, weil sie tot ist. Aber wir drei wissen, daß sie es war, nicht wahr?«

Michael Parry schien aufstehen zu wollen, sank jedoch wieder zurück. »Sie haben recht«, murmelte er. »Ich habe es gewußt. Adele hat dafür gesorgt, daß ich es merken mußte.«

»Weil sie erreichen wollte, daß Sie sich scheiden ließen«, stellte Quinn fest.

»Ja«, gab Parry zu. »Aber das Komische dabei war . . .« Er lachte humorlos.

»Was war komisch daran?« fragte Inspektor Elvin.

»Daß Adele trotz allem um ihren guten Ruf besorgt war. Sie hatte nichts dagegen, mit einem Mann ins Bett zu gehen, den sie erst fünf Minuten kannte – aber die Nachbarn durften ja nichts merken, weil sie sonst getratscht hätten!« Er lachte erneut.

»Ein Arzt hat noch mehr Anlaß, böse Zungen zu fürchten«, warf Quinn ein.

Parry schüttelte den Kopf. »Nein, Bossard brauchte sich keine Sorgen zu machen, solange er nicht als Scheidungsgrund benannt wurde. Er wußte, daß ich mich nicht scheiden lassen wollte.«

»Woher wußte er das?«

»Ist das nicht logisch? Adele muß ihm erzählt haben, daß ich über ihr Verhältnis informiert war – aber ich habe trotzdem nichts dagegen unternommen. Ich habe beide Augen zugedrückt, um weiter von dem Geld meiner Frau leben zu können.« Michael Parry sah bittend zu Elvin auf. »Sie haben ehrliche Antworten verlangt, und ich habe sie Ihnen gegeben. Müssen Sie noch weiterfragen? Wenn Sie das tun, habe ich den Verdacht, daß Sie das Gefühl genießen, mich in Ihrer Gewalt zu haben.«

»Ich genieße es durchaus nicht, Mr. Parry«, antwortete der Inspektor ernsthaft. »Aber in meinem Beruf gibt es eben auch unangenehme Aufgaben. Ich kann nur hoffen, daß Sie dafür Verständnis haben. Auf Wiedersehen, Mr. Parry.«

12

Neil Ford kam rechtzeitig zum Abendessen zurück. Er war freundlicher Laune und wechselte sogar einige Worte mit Quinn, als habe es nie etwas zwischen ihnen gegeben.

Parry blieb für sich. Er wollte die Briefe aufgeben und machte deshalb einen Spaziergang ins Dorf. Da er vorläufig keinen Hunger hatte, würde er erst später eine Kleinigkeit essen.

Carole wirkte niedergeschlagen. Irene Ford redete im Gegensatz zu ihr beinahe unaufhörlich. Sie sprach von Adeles Tod, von den Auswirkungen auf die Familie und davon, was die Leute vermutlich sagten. Dieses Thema schien sie nicht mehr loszulassen.

Neil Ford fuhr ihr schließlich über den Mund. »Kannst du nicht endlich damit aufhören? Mußt du ständig davon reden? Wir haben genug davon, kapiert? Macht es dir eigentlich Spaß, alles wieder aufzurühren?«

Irene zuckte zusammen, als habe er sie geschlagen. »Wie kannst du das nur behaupten, ausgerechnet von mir? Du hast wohl vergessen, daß ich sie ...« Sie hatte Tränen in den Augen, als sie ihren Stuhl zurückschob und zur Treppe lief.

»Wieder geschafft!« meinte Ford resigniert. »Ich nehme mir immer vor, freundlicher zu sein, aber dann geht mir doch der Gaul durch.« Er sah zu Quinn hinüber. »Ich kann mir schon denken, was Sie sagen wollen. Sparen Sie sich also die Mühe ...«

»Nein, das können Sie sich nicht denken«, widersprach Quinn. »Sie waren nicht sehr freundlich, aber sie hat wirklich zuviel geredet. Das ist mir selbst auf die Nerven gegangen.«

»Irene hat ein schlimmes Erlebnis hinter sich und kann diesen Schock nicht leicht überwinden«, stellte Carole fest. »Ich finde, sie hätte nach Hause fahren sollen. In Elm Lodge wird sie nur ständig an gestern erinnert.«

»Michael hat uns gebeten, noch zu bleiben«, antwortete Neil Ford. »Anscheinend fürchtet er sich vor dem Alleinsein in diesem Haus.«

»Kein Wunder«, sagte Quinn.

»Wie kommen Sie darauf?« fragte Carole sofort.

»Ist das nicht klar? Er braucht Gesellschaft, weil er sonst Gespenster sieht. Das ist ganz natürlich.«

»Aber es kommt darauf an, welche Gespenster er sieht«, warf Ford ein.

Carole schüttelte den Kopf. »Nein, das ist unfair! Michael hat seine Fehler, aber das gibt uns noch lange kein Recht, ihn auf bloßen Verdacht hin zu verurteilen. Bisher kann niemand beweisen, daß Adele nicht Selbstmord begangen hat.«

»Ich behaupte gar nicht, daß sie das nicht getan hat«, antwortete Ford. »Aber Quinn weiß, daß die Polizei bisher nicht zufrieden ist. Und ich kann dir sagen, worum Irene sich wirklich Sorgen macht – nicht so sehr um die Tatsache, daß Michael es vielleicht doch gewesen sein könnte, sondern vor allem darum, was die Leute dann sagen würden.«

»Oh, das ist doch absurd!«

»Wie du meinst. Aber ich kenne Irene bestimmt besser als du.« Ford nickte zu Quinn hinüber. »Lassen Sie sich einen guten Rat von mir geben: Bleiben Sie Junggeselle. Als Ehemann haben Sie nur Ärger, wie Sie an meinem Beispiel sehen. Jetzt gehe ich am besten hinauf und versuche meine Frau zu beruhigen, bevor sie wieder einen hysterischen Anfall bekommt.«

Als er gegangen war, begann Carole den Tisch abzuräumen. »Soll ich Ihnen beim Abwasch helfen?« fragte Quinn.

»Danke, das ist nicht nötig«, wehrte Carole ab. »Ich stelle nur alles in die Geschirrspülmaschine. Bis ich zurückkomme, ist es abgewaschen.«

»Gehen Sie noch weg?«

»Ja, ich will rasch zu Ariadne Wilkinson. Gestern abend war ich nicht sehr nett zu ihr.« Carole runzelte die Stirn. »Was ich übrigens noch fragen wollte: Haben Sie jemand erzählt, daß ich mit Geoffrey Bossard verheiratet bin? Zum Beispiel Neil Ford?«

»Nein, von mir hat es niemand erfahren.«

»Hätten Sie das nicht dem Inspektor sagen müssen?«

»Ja«, antwortete Quinn, »aber ich habe es nicht getan. Die Polizei interessiert es nicht, wer mit wem verheiratet ist.«

»Sie wissen genau, daß das nicht stimmt! In diesem Fall sind alle Informationen wichtig.«

»Vielleicht«, meinte Quinn schulterzuckend, »aber meiner Meinung nach wäre das nur verwirrend gewesen.«

»Wie kommen Sie darauf?«

»Weil ich nicht glaube, daß Doktor Bossard Adele Parry ermordet hat«, antwortete Quinn. »Das wollten Sie doch hören, nicht wahr?«

Carole biß sich auf die Unterlippe. »Ich habe keine Sekunde lang gefürchtet, er könnte etwas damit zu tun haben«, behauptete sie dann.

»Aber Ihnen ist doch klar, daß Adele Parry die Frau war, die damals eine Nacht in Ihrem Haus verbracht hat?«

»Ja«, gab Carole zu, »aber ich glaube, daß das nur einmal passiert ist.«

»Das glauben Sie, weil Sie es glauben wollen«, stellte Quinn fest. »Sie lieben Ihren Mann nämlich noch immer. Warum geben Sie ihm keine zweite Chance?«

Carole lächelte zustimmend. »Das will ich ohnehin ... Vielleicht haben wir durch Adeles Tod die Chance, einen neuen Anfang zu machen.«

Quinn sah ihr nach, als sie hinausging und in ihren Wagen stieg. Er glaubte zu wissen, zu wem sie in Wirklichkeit wollte.

Das Telefon klingelte. Inspektor Elvin war am Apparat.

»Ich wollte Ihnen nur sagen, was die Obduktion ergeben hat«, begann er. »Bei der Analyse des Mageninhalts ist eine hohe Dosis Pentobarbiton festgestellt worden.«

»Das ist der Wirkstoff von Pembrium, nicht wahr?«

»Richtig«, stimmte Elvin zu. »Sie hat weit mehr als die tödliche Dosis geschluckt – und der Alkohol hat die Wirkung des Mittels noch verstärkt. Allerdings sind im Magen keine Rückstände der Gelatinekapseln gefunden worden, wie zu erwarten gewesen wäre. Das war ein Fehler des Mörders.«

»Der also nicht Doktor Bossard sein kann«, warf Quinn ein.

»Selbstverständlich nicht! Er wäre nicht so ungeschickt gewesen, die Kapseln in das Cognacglas zu werfen, um einen Selbstmord vorzutäuschen. Ich habe gleich gewußt, daß Doktor Bossard nicht als Täter in Frage kam.«

»Warum nicht?«

»Nun, vor allem pflegen Polizeiärzte keine Morde zu begehen.«

»Und keinen Ehebruch«, warf Quinn ein, »aber auch das soll vorkommen.« Er grinste. »Weiter, bitte.«

»Viel mehr ist dazu nicht zu sagen. Pembrium wird in Form gelber Gelatinekapseln geliefert, die sich durch einfaches Auseinanderziehen öffnen lassen. Das Mittel ist ein weißes, geruchloses, kristallines Pulver, das schwach bitter schmeckt, sehr schwach bitter.«

»Zu schwach, um in einem Glas Cognac aufzufallen?« erkundigte Quinn sich.

»Der bittere Geschmack ließe sich durch etwas Milchzucker überdecken«, antwortete Elvin, »aber ist in Cognac wahrscheinlich überflüssig. Wenn man überlegt, daß Pembrium gut in Alkohol löslich ist, nun, das klingt fast zu einfach, nicht wahr?«

»Allerdings«, stimmte Quinn zu. »Aber woher stammt das Zeug?«

»Ich habe im Nachttisch eine leere Medizinflasche aus der Apotheke in Blandford gefunden. Sie hat ursprünglich fünfundzwanzig Pembrium-Kapseln enthalten, die Doktor Bossard Mrs. Parry verschrieben hat.«

»Ah, der gute alte Doktor Bossard!« meinte Quinn sarkastisch. »Was täten wir nur ohne ihn? Wohin man geht, stolpert man über unseren Freund.«

»Müssen Sie wieder damit anfangen?« erkundigte Elvin sich. »Mrs. Parry war seine Patientin. Warum hätte er ihr kein Schlafmittel verschreiben sollen, wenn sie eines zu brauchen glaubte?« Als Quinn nicht antwortete, fügte der Inspektor hinzu: »Das ist eine Gefahr, der jeder Arzt ausgesetzt ist, solange er Junggeselle bleibt: Er lenkt die Aufmerksamkeit von Klatschbasen wie Miss Wilkinson auf sich. Bossard sollte lieber heiraten!«

Draußen wurde es dunkel. Quinn rauchte eine Zigarette nach der anderen, dachte an Michael Parry und fragte sich, warum er so lange brauchte, um ein paar Briefe aufzugeben.

Vielleicht läßt er sich im Bird-in-Hand vollaufen. Heute

scheint er noch nichts getrunken zu haben, gestern abend auch nicht mehr. Vielleicht hat er nur getrunken, um zu vergessen, was seine Frau aus ihm gemacht hat, und braucht jetzt kein Betäubungsmittel mehr. Adeles Tod hat einen anderen Menschen aus ihm gemacht. Ihr Tod hat vieles verändert . . .

Das Telefon klingelte wieder. Quinn stand seufzend auf und nahm den Hörer ab.

»Na, wer hätte das gedacht?« fragte Ariadne Wilkinson. »Genau der Mann, den ich brauche! Aber verstehen Sie mich bitte nicht falsch – Sie sind gar nicht mein Typ. Ich wollte Sie nur sprechen.«

»Weshalb?«

»Warum so unfreundlich?« fragte Miss Wilkinson. Sie kicherte. »Wir sind schlechter Laune, was?«

»Hören Sie, ich möchte nicht unhöflich sein, aber ich erwarte einen sehr wichtigen Anruf, beeilen Sie sich also bitte?«

»Hmmm. Und woher wissen Sie, daß dieser Anruf nicht wichtig ist?«

»Das weiß ich natürlich nicht. Aber ich werde es auch nie erfahren, wenn Sie nicht zur Sache kommen!«

»Für einen Mann, der nicht unhöflich sein will, sind Sie ganz gut in Form«, stellte Ariadne Wilkinson sarkastisch fest. »Es geschähe Ihnen nur recht, wenn ich einfach den Mund hielte . . .« Sie lachte. »Warum hat mir niemand erzählt, daß Adele das Schlafmittel vor halb vier Uhr nachmittags geschluckt haben muß?« fragte sie dann. »Ich dachte, sie sei viel später nach Hause gekommen.«

Quinn hatte keine Lust, mit ihr Vermutungen auszutauschen. »Macht es denn einen Unterschied, wann sie zurückgekommen ist?«

»Natürlich! Erinnern Sie sich noch daran, daß ich Sie gefragt habe, wie Michael wohl reagiert hätte, wenn er erfahren hätte, was hinter seinem Rücken vorging?«

»Ja, aber ich sehe nicht ein, was . . .«

»Weil Sie nicht wissen, was ich weiß!«

»Ich verstehe nicht, was Sie damit sagen wollen«, protestierte Quinn.

»Schade«, antwortete Miss Wilkinson. »Ich würde es Ihnen gern erzählen, aber ich will Sie nicht länger aufhalten, weil Sie noch einen wichtigen Anruf erwarten.« Sie kicherte wieder.

»Sie haben mich bereits unnütz aufgehalten«, stellte Quinn fest.

»Keineswegs, mein Freund. Ich wußte nur nicht sicher, ob Adele das Schlafmittel wirklich vor halb vier eingenommen hat. Aber Sie haben es mir bestätigt.«

»Und?«

»Und deshalb brauche ich nur noch ein paar geschickte Fragen zu stellen, um sämtliche Beweise in der Hand zu haben.«

»Beweise wofür?«

»Nein, mein Lieber! Das soll Ihnen eine Lehre sein! Nächstesmal sind Sie bestimmt etwas höflicher, wenn Sie mit einer Dame sprechen.«

»Lächerlich!« wandte Quinn ein.

Miss Wilkinson lachte nur. »Wären Sie geduldiger gewesen, hätte ich Sie in mein Geheimnis eingeweiht. Aber darauf muß der berühmte Mr. Quinn aus der Fleet Street nun leider verzichten ...«

Quinn wollte noch etwas sagen, aber er kam zu spät. Miss Wilkinson hatte bereits aufgelegt.

Um elf hatte er es satt, allein in dem großen Wohnraum zu sitzen, und beschloß, ins Bett zu gehen. Carole war noch nicht zurückgekommen. Michael Parry war ebenfalls noch immer unterwegs.

Als Quinn die Treppe hinaufstieg, hörte er Stimmen aus dem ersten Schlafzimmer. Zunächst war nichts zu verstehen, aber dann fiel der Name Adele. Quinn ging leise weiter und blieb vor der Tür stehen.

»Nicht so laut!« mahnte Neil Ford. »Carole ist weg, aber dieser Quinn sitzt unten und hat Ohren wie ein Elefant. Darum wollte ich auch nicht, daß er im Haus bleibt. Leute wie er legen es nur darauf an, überall herumzuschnüffeln.«

»Aber zwischen dir und ihr ist doch eigentlich nichts passiert?« warf Irene Ford ein.

»Natürlich nicht! Wie oft fragst du mich noch danach? Ich dachte, ich hätte dir alles erklärt. Hast du etwa kein Vertrauen zu mir?«

»Doch, Liebster. Aber das war doch ein Schock. Ich wollte, du hättest mir nichts davon erzählt.«

»Was hätte ich anderes tun sollen? Du weißt, daß sie mich ein paarmal angerufen hat, und ich hatte Angst, daß du versehentlich davon erzählen würdest. Das würde diesem Quinn schon genügen.«

»Aber ich habe nicht gewußt, daß ihr euch in Ringwood getroffen habt«, stellte Irene Ford weinerlich fest. »Hättest du mir das bloß . . .«

»Wir haben uns nur zweimal getroffen«, unterbrach Ford sie, »und da hat es nichts zu erzählen gegeben. Zuerst wollte sie mich nur um meinen Rat bitten, weil sie Schwierigkeiten mit Michael hatte. Aber als ich gemerkt habe, was sie wirklich wollte, habe ich ihr gründlich die Meinung gesagt. Du glaubst doch nicht etwa, daß ich mich von einer Frau wie Adele zum Narren halten lassen würde?«

»Nein, natürlich nicht, Liebling. Aber ich habe solche Angst. Was passiert, wenn das herauskommt?«

»Was soll denn herauskommen?« fragte er barsch.

»Nehmen wir einmal an, ihr wärt zusammen gesehen worden . . .«

»Niemand hat uns gesehen! Solange wir nichts sagen, kommt niemand auf falsche Ideen.«

»Aber das ist nicht sicher«, widersprach Irene Ford. »Wenn herauskommt, wie Adele es getrieben hat, könnte jemand, der von euren Treffen weiß, den Verdacht haben, du . . .«

»Wie soll jemand davon erfahren? Verdammt noch mal, wie stellst du dir das eigentlich vor?«

»Das weiß ich selbst nicht«, gab Irene Ford zu, »aber es wäre doch möglich, nicht wahr? Was hättest du dann zu erwarten?«

»Nichts, absolut nichts! Ich habe dir bereits gesagt, daß ich Adele nicht vergiftet habe. Und die Polizei interessiert sich nur für den Mörder.«

»Du machst dir also keine Sorgen?«

»Nicht die geringsten«, bestätigte Ford. »Alles ist in bester Ordnung, solange du dir nichts anmerken läßt. Die Leute werden noch mißtrauisch, wenn du dich so komisch aufführst.«

»Dafür kann ich nichts«, schluchzte Irene. »Ich habe Adele gern gehabt. Sie war eine Art Schwester für mich. Und du hast mir alles verdorben, weil du mir erzählt hast, daß sie es auch auf dich abgesehen hatte ...«

»Wenn du nicht aufhörst, lasse ich dich allein, bis du dich wieder beruhigt hast!« drohte Neil Ford. »Ich kann deine Flennerei nicht vertragen!«

Quinn hatte gerade noch Zeit, im Bad zu verschwinden, bevor Neil Ford aus dem Schlafzimmer kam, die Tür hinter sich zuknallte und die Treppe hinablief.

13

Quinn schlief am nächsten Morgen aus und kam erst kurz vor zehn ins Wohnzimmer. Irene Ford saß am Fenster und las die Sonntagszeitung. Sie war blaß und schien kaum geschlafen zu haben, denn sie hatte dunkle Schatten unter den Augen. Quinn lehnte dankend ab, als sie sich erbot, ihm das Frühstück zu machen, und ging selbst in die Küche.

»Michael schläft noch«, sagte Irene, als Quinn mit einer Tasse Kaffee zurückkam. »Anscheinend ist er gestern sehr spät ins Bett gegangen. Ich habe ihn gar nicht mehr gehört.«

»Und Ihr Mann?« fragte Quinn. »Schläft er auch noch?«

»Nein, nein. Carole und er machen einen kleinen Spaziergang, weil das Wetter so schön ist. Kann ich wirklich nichts für Sie tun? Wollen Sie denn gar nichts essen?«

Bevor Quinn antworten konnte, klingelte das Telefon. Irene Ford ging an den Apparat.

»Ja? ... O ja, mir geht's wieder besser. Nun, er ist natürlich auch ziemlich mitgenommen. Das ist nur verständlich ...«

Als sie dann zuhörte, veränderte ihr Gesichtsausdruck sich plötzlich.

»Nein, das dürfen Sie nicht sagen!« stieß sie hervor. »Es ist einfach unfair, das von einer Toten zu behaupten, die sich nicht wehren kann. Was sie getan hat, geht niemand etwas an, weil ...« Irene Ford machte eine Pause und hörte mit ängstlicher Miene zu. »Bitte, Ariadne, wir haben schon genügend Probleme«, sagte sie dann. »Sie irren sich, niemand hat sie vergiftet. Ich habe lange darüber nachgedacht und bin davon überzeugt, daß sie es selbst getan hat, nein, das ist nicht wahr!«

Irene Ford hörte wieder zu und griff dabei nach dem Kragen ihrer Bluse, als sei er ihr zu eng geworden. »Das weiß ich nicht«, antwortete sie zögernd. »Aber ich bin davon überzeugt, daß alles ganz harmlos war, Michael hätte sich nicht dazu hergegeben, nein ... nein ..., er schläft noch.«

Sekunden später schien alle Angst von ihr abzufallen. »Ich verstehe nicht, warum Sie es darauf anlegen, anderen Leuten Schwierigkeiten zu machen«, sagte sie unerwartet energisch. »Müssen Sie sich unbedingt einmischen? Sie sind ein gräßliches Frauenzimmer! Michael hat Ihnen nie etwas getan, und Sie haben keinen Grund ...«

Quinn hörte ein Klicken. Irene Ford sah zu ihm hinüber.

»Sie hat einfach aufgelegt«, erklärte sie ihm. »Sie hat mich nicht einmal ausreden lassen!«

»Was wollte sie denn?« fragte Quinn.

»Sie hat behauptet, Adele sei ihre Freundin gewesen – und hat dann lauter schreckliche Sachen gesagt. Doktor Bossard soll Adeles Liebhaber gewesen sein, bis Michael etwas davon gemerkt und ...«

»... und seine Frau umgebracht hat«, fügte Quinn hinzu.

Irene Ford legte den Hörer auf. »Ja, das hat sie gesagt. Ist das nicht entsetzlich? Und sie will es sogar beweisen können!«

»Wie denn?« erkundigte Quinn sich.

»Sie will gesehen haben, daß Michael am Freitagnachmittag schon vor halb vier nach Hause gekommen ist, so daß er Zeit gehabt hätte, Adele zu vergiften. Wissen Sie, was sie damit meint?«

»Ja, aber ich bin nicht unbedingt der gleichen Auffassung«, antwortete Quinn ausweichend.

»Wissen Sie, was ich tun soll?« fragte Irene empört. »Ich soll Michael ausrichten, daß sie heute nachmittag gemeinsam mit Doktor Bossard herkommen will, um endlich Licht in diese Sache zu bringen! Ich begreife nur nicht, warum sie Michael das antun will. Vielleicht kommt sie sich dabei wichtig vor – oder vielleicht war sie auf Adele eifersüchtig, wenn Sie wissen, was ich meine.«

»Nur allzugut!« versicherte Quinn ihr. »Eine Frau wie Ariadne Wilkinson ist nicht mehr zu halten, wenn sie sich so etwas in den Kopf gesetzt hat.«

Irene Ford rang die Hände. »Wenn ich nur wüßte, was ich tun soll! Selbst wenn Adele etwas mit Doktor Bossard gehabt hat, war das nicht seine Schuld. Er ist Junggeselle, und sie war eine Schönheit, die Versuchung war einfach zu groß für ihn. Und jetzt kommt alles heraus, weil er als Zeuge aussagen muß, nicht wahr?«

»Falls Michael Parry angeklagt wird, seine Frau ermordet zu haben«, stimmte Quinn zu.

»Wollen Sie Michael warnen?«

»Warum nicht?« fragte Quinn. »Das ist nur fair.«

»Glauben Sie ...«, begann Irene, holte tief Luft und fragte: »Glauben Sie, daß er es wirklich getan hat?«

»Das habe ich nicht zu entscheiden«, wehrte Quinn ab.

Sie hat Angst, sagte er sich. Aber nicht um Michael Parry. Er ist ihr ganz gleichgültig. Sie hat Angst um ihren geliebten Neil. Vielleicht wäre es gar keine schlechte Idee, wenn Elvin sich damit befassen würde, wo Ford am Freitagnachmittag war. Vielleicht hat er sie in Salisbury abgeholt und nach Hause gebracht. Vielleicht hatte sie Bossard schon satt und wollte ein Verhältnis mit Ford anfangen ...

»Wollen Sie mir nicht verraten, woran Sie jetzt denken?« fragte Irene Ford.

»Oh, das ist nicht der Rede wert«, behauptete Quinn. »Vielleicht komme ich später noch einmal darauf zurück.« Er lächelte. »An Ihrer Stelle würde ich mich ein bißchen in die Sonne legen, bis Carole und Ihr Mann zurückkommen. Ich wecke inzwischen Michael und warne ihn vor Miss Wilkinsons Besuch.«

Dr. Bossards Haushälterin nahm den Anruf entgegen. Sie erklärte Miss Wilkinson, der Doktor sei oben, aber sie könne ihn herunterholen, falls es sich um etwas Wichtiges handle. Miss Wilkinson versicherte ihr, die Angelegenheit sei äußerst wichtig.

Die Haushälterin hörte, wie Dr. Bossard den Anruf beantwortete. Er versprach Miss Wilkinson, er werde gegen halb eins bei ihr sein, könne sich jedoch unter Umständen verspäten, weil er noch einen anderen Besuch zu machen habe. Er bat sie jedoch auch, nichts zu überstürzen, bevor er bei ihr gewesen sei.

Er stellte seinen Wagen zehn Meter vom Gartentor entfernt am Straßenrand ab, stieg aus, nahm seine schwarze Arzttasche mit und überzeugte sich davon, daß er die Rezeptvordrucke eingesteckt hatte. Das Tor stand offen. Er folgte dem gepflasterten Fußweg, der zu dem kleinen efeubewachsenen Haus führte. Rechts über der Tür hing eine altmodische Glocke mit Kette und Griff. Er zog daran, wartete eine halbe Minute und läutete nochmals. Aber im Haus blieb es still.

Vögel zwitscherten. Irgendwo auf den Feldern bellte ein Hund. Grillen zirpten. Bienen summten um die Blumen im Vorgarten. Hinter dem Haus schien ein Auto mit laufendem Motor zu stehen.

Er sah auf seine Uhr. Kurz nach halb eins. Er stellte die schwere Tasche ab und rüttelte an der Türklinke. Die Tür ließ sich öffnen. Er trat in die Diele und rief laut: »Miss Wilkinson! Wo sind Sie, Miss Wilkinson?«

Keine Antwort. Nur der Automotor war jetzt deutlich zu hören. Aber das Geräusch klang seltsam dumpf, als stehe der Wagen in einem geschlossenen Raum.

Er durchquerte das kleine Haus, trat aus der Küche ins Freie und stand vor der Garage, die von der Straße aus nicht einzusehen war. Das zweiflügelige Tor war geschlossen. Dahinter lief ein Automotor.

Das Tor war abgesperrt. Er brachte seinen Mund dicht an den Mittelspalt und rief: »Sind Sie dort drinnen, Miss Wilkinson? Hier ist Doktor Bossard! Machen Sie sofort das Tor auf!«

Als er keine Antwort bekam, lief er zur Rückseite der Garage.

Dort waren zwei Fenster in die Mauer eingelassen. Er legte die Hände an das schmutzige Glas, um die Blendung auszuschalten, und sah in die Garage. Ein Blick genügte, um ihm zu zeigen, daß Miss Wilkinson auf dem Boden neben ihrem Morris lag. Die Motorhaube stand offen, und der Motor lief im Leerlauf.

Er sah sich nach irgendeinem Werkzeug um, mit dem er das Tor aufbrechen konnte, und rannte dann zu seinem Wagen. Im Kofferraum lagen nur der Wagenheber und ein Ersatzkeilriemen. Er hatte keinen Werkzeugkasten im Auto, weil er nicht genug von Motoren verstand, um sich notfalls selbst helfen zu können.

Der Wagenheberfuß war bestimmt zu dick für den Spalt zwischen den Torflügeln – aber er mußte es wenigstens versuchen. Er lief damit zurück und mühte sich ein dutzendmal vergebens ab. Das massive Tor gab nicht nach. Er ließ den Wagenheber fallen, hastete zu seinem Wagen und wollte zu dem nächsten Haus fahren, das etwa einen halben Kilometer weit hügelabwärts lag.

Als er einsteigen wollte, sah er Quinn in etwa hundert Meter Entfernung die Northwood Lane entlangkommen. Bossard lief ans Gartentor zurück. »Los, beeilen Sie sich – ich brauche Sie!« rief er Quinn zu. »Schneller!«

Quinn begann zu rennen. »Was ist passiert?« fragte er atemlos, als er den Arzt erreichte. »Was soll die Aufregung?«

»Miss Wilkinson liegt in der Garage – der Motor ihres Wagens läuft, ich bekomme das Tor nicht auf!« keuchte Bossard.

»Können wir nicht ein Fenster einschlagen?« wollte Quinn wissen und lief neben ihm her.

»Nein, die Fenster sind eng vergittert. Aber vielleicht können wir meinen Wagenheber in den Spalt schieben, wenn Sie mir helfen.«

Die beiden Männer machten sich an die Arbeit. Während Quinn sich gegen den rechten Torflügel stemmte, um ihn etwas nach innen zu drücken, gelang es Bossard, den Fuß des Wagenhebers zwischen die Flügel zu klemmen. Dann benützten sie das Werkzeug als Hebel. Schon der erste kräftige Ruck genügte, um das Garagentor aufzusprengen.

»Holen Sie tief Luft, bevor Sie hineingehen und den Motor abstellen«, wies Dr. Bossard Quinn an. »Ich ziehe sie inzwischen heraus. Aber beeilen Sie sich!«

Er wartete vor dem Tor, bis Quinn nach dem Zündschlüssel griff. Dann lief er an ihm vorbei auf die bewegungslose Miss Wilkinson zu. Seine Augen begannen in der verqualmten Garage sofort zu tränen, aber er tastete sich weiter, bekam die leblose Gestalt unter den Armen zu fassen und schleppte sie rückwärtsgehend ins Freie.

Quinn erwartete ihn dort. Sie trugen Miss Wilkinson auf den Rasen hinter der Garage. »Rufen Sie 999 an, während ich mich um sie kümmere«, befahl der Arzt Quinn. »Wir brauchen einen Krankenwagen und ein Sauerstoffgerät. Vergessen Sie nicht, Sauerstoff zu verlangen!«

»Klar, wird gemacht«, beruhigte Quinn ihn und lief ins Haus.

Dr. Bossard begann mit künstlicher Atmung, obwohl er zu wissen glaubte, daß dieser Versuch zwecklos war. Aber er durfte nicht vorzeitig aufgeben. Miss Wilkinsons Puls war nicht mehr zu fühlen, und ihr Gesicht war bläulich verfärbt. Wieder ein Fall von unglaublicher Fahrlässigkeit, würde der Coroner sagen – wenn nicht zur Sprache kam, daß Ariadne Wilkinson behauptet hatte, Adele Parrys Mörder zu kennen . . .

Allerdings dürfte das nicht viel ausmachen, überlegte der Arzt sich. Schließlich weiß jeder, daß sie mit Vorliebe Gerüchte ausgestreut hat – ob sie sie beweisen konnte oder nicht. Sie war als bösartige Klatschbase bekannt. Selbst jetzt sieht sie noch böse aus. Wahrscheinlich weint ihr niemand eine Träne nach. Und manche Leute, die etwas zu verbergen haben, atmen bestimmt erleichtert auf.

Quinn kam zurück. »Der Krankenwagen ist schon unterwegs«, berichtete er. »Wie geht es ihr?«

»Das kann ich noch nicht sagen. In solchen Fällen muß man auf gut Glück weitermachen.«

»Wenn Sie müde werden, brauchen Sie mir nur zu zeigen, was ich tun soll«, bot Quinn ihm an.

»Das ist nicht nötig, glaube ich«, wehrte Dr. Bossard ab. »Der Krankenwagen kommt hoffentlich vorher. Trotzdem vielen

Dank.« Er arbeitete weiter. »Sie könnten sich in der Garage umsehen«, schlug er dann vor. »Vielleicht bekommen Sie heraus, was Miss Wilkinson dort zu tun hatte. Aber fassen Sie nichts an!«

»Okay«, stimmte Quinn zu.

»Sorgen Sie dafür, daß Sie genug Luft bekommen«, warnte der Arzt ihn, »sonst geht es Ihnen wie ihr . . .«

Quinn starrte Ariadne Wilkinsons verfärbtes Gesicht an und schüttelte den Kopf.

Vielleicht war es wirklich ein Unfall, dachte er. Aber warum hat sie das Garagentor überhaupt geschlossen, auch wenn sie nicht wußte, wie gefährlich Autoabgase sind? An einem so heißen Tag wie heute müßte es ihr doch auf frische Luft angekommen sein! Warum hätte sie sich einsperren sollen?

»Nein, das möchte ich nicht«, antwortete er Dr. Bossard. »Ich kenne schönere Todesarten. Wenn Sie mich fragen, ist ihr nicht mehr zu helfen.«

Als der Krankenwagen zehn Minuten später ankam, war Miss Wilkinsons Zustand unverändert.

»Können Sie sich vorstellen, wie sie in diese Lage gekommen ist?« fragte Dr. Bossard, nachdem sie abtransportiert worden war.

»Sie scheint den Ölstand des automatischen Getriebes überprüft zu haben«, antwortete Quinn. »Der Ölmeßstab war abgewischt, und auf der Batterie steht eine leere Dose Getriebeöl.«

»Ist das etwas, das man einer Frau zutrauen würde?«

»Warum nicht, wenn sie sich für technische Dinge interessiert? Die Sache ist ganz einfach. Man läßt den Motor einige Minuten warmlaufen, prüft dann den Ölstand und füllt nach, soviel fehlt.« Quinn runzelte die Stirn. »Wie lange dauert es schätzungsweise, bis man von Autoabgasen bewußtlos wird?«

»In einer geschlossenen Garage dürften fünf bis sechs Minuten genügen«, erklärte Dr. Bossard ihm. »Sie hat bestimmt erst zu spät gemerkt, in welcher Gefahr sie sich befand.«

»Warum sie sich wohl eingeschlossen hat?« meinte Quinn nachdenklich. »An einem heißen Tag wie heute . . .«

»Vielleicht aus reiner Gewohnheit. Frauen sind manchmal

nervös, wenn sie sich nicht einschließen können. Und das Haus liegt hier ziemlich einsam.« Dr. Bossard untersuchte das Schloß des Garagentors. »Es kann zugefallen und eingeschnappt sein«, stellte er fest. »Miss Wilkinson hätte das Tor mühelos von innen öffnen können – aber vielleicht war sie zu sehr mit ihrem Wagen beschäftigt.«

»Vielleicht«, meinte Quinn zweifelnd. Er zuckte mit den Schultern. »Sie müssen wahrscheinlich hierbleiben, bis die Polizei kommt, nicht wahr? Ich gehe nach Elm Lodge zurück, falls jemand mich sprechen möchte.« Er nickte Dr. Bossard zu, wollte schon gehen und drehte sich noch einmal um. »Da fällt mir übrigens etwas ein . . .«

»Was denn?«

»Das Garagentor ist so schwer, daß es nur bei einem kräftigen Windstoß zufallen würde«, stellte Quinn fest. »Aber heute vormittag hat praktisch Windstille geherrscht. Miss Wilkinson hat sich also entweder selbst eingesperrt, weil ihr der Abgasgestank lieber als frische Luft war, oder sie ist eingesperrt worden. Was halten Sie davon?«

»Gar nichts«, antwortete Dr. Bossard irritiert. »An Ihrer Stelle würde ich solche Vermutungen Leuten überlassen, die mehr davon verstehen. Haben Sie nicht selbst gesagt, daß Miss Wilkinson den Ölstand prüfen wollte?«

»Ich habe gesagt, daß sie es getan haben könnte«, verbesserte Quinn ihn. »Aber das braucht nicht zu stimmen. Falls sie wirklich tot ist, werden einige Leute in und um Castle Lammering erleichtert aufatmen.«

Bossard schüttelte den Kopf. »Wollen Sie etwa behaupten, sie . . .«

»Nein, ich behaupte nichts. Ich stelle nur Tatsachen fest.«

»Sie glauben zu sehr an Gerüchte, Mr. Quinn.«

»Was hier passiert ist, ist kein Gerücht, sondern ein merkwürdig vorteilhafter Unfall.«

»Aber es gibt keinen Beweis dafür, daß es sich um etwas anderes handelt!« wandte Dr. Bossard ein. »Um etwas anderes als einen Unfall«, fügte er hastig hinzu. »Miss Wilkinson ist offensichtlich von den Abgasen betäubt worden. Vielleicht hat sie die drohende Gefahr noch wahrgenommen, hatte jedoch nicht mehr die Kraft, sich zu retten. Kohlenstoffmonoxyd ruft zuerst Muskelschwäche hervor. Als sie zusammengesackt ist, hat sie sich den Kopf an dem in der Garage stehenden Rasenmäher angeschlagen. Damit war ihre letzte Chance dahin.«

»Ich gebe zu, daß Ihre Version sehr glaubwürdig klingt«, antwortete Quinn, »aber jetzt erzähle ich Ihnen meine. Ariadne Wilkinson wußte zuviel. Und sie redete zuviel, was noch schlimmer war. Deshalb hatte sie einen Unfall, der sie zum Schweigen brachte. Ganz einfach, nicht wahr, Doktor?«

Bossard schüttelte wieder den Kopf. »Zu einfach, um wahr zu sein, Mr. Quinn.«

»Sie haben ein Recht auf eigene Meinung«, erwiderte Quinn gelassen. »Aber ich bleibe dabei, daß die einfachste Lösung auch die beste ist.«

14

Als Quinn um halb zwei nach Elm Lodge zurückkam, war Carole Stewart allein im Wohnzimmer.

»Sie kommen gerade rechtzeitig!« empfing sie ihn. »Ich wollte eben allein essen.«

»Wo sind die anderen?«

»Irene hat mir erzählt, daß Michael zum Bird-in-Hand unterwegs ist – und dort wird er wohl bis kurz nach drei bleiben. Ich bin selbst erst vorhin zurückgekommen.«

»War der Spaziergang schön?« fragte Quinn arglos.

Carole verzog das Gesicht. »Nein«, gab sie zu. »Ich hätte mir eigentlich denken können, worauf Mr. Neil Ford es abgesehen hatte. Er wollte nicht spazierengehen, sondern mit mir hinter der nächsten Hecke verschwinden!«

»Ich könnte jetzt sagen: ›Das ist Ihre eigene Schuld‹ – aber ich sage es nicht. Was haben Sie getan?«

»Ich habe ihm eine geknallt, die er noch lange spüren wird!« antwortete Carole hitzig. »Dann habe ich selbst einen langen

Spaziergang gemacht. Wäre ich sofort zurückgekommen, hätte ich mich vielleicht nicht beherrschen können und wäre versucht gewesen, Irene zu erzählen, was ich von ihrem Liebsten halte.«

»Vielleicht hätten Sie ihr damit einen Gefallen getan«, meinte Quinn. »Wann haben Sie sich von Ford getrennt?«

»Das weiß ich nicht genau. Es kann gegen zwölf gewesen sein.«

»Wissen Sie, wohin er gegangen ist?« fragte Quinn weiter.

»Nein – das war mir gleichgültig!«

»Und wo ist Irene?« wollte Quinn wissen.

»Sie ist weggegangen, um Neil zu suchen. Ich glaube, daß sie etwas geahnt hat, als ich allein zurückgekommen bin. Ich war noch keine fünf Minuten da, als ihr plötzlich einfiel, daß sie etwas Bewegung brauchte. Sie wollte ihm entgegengehen, soviel ich verstanden habe.«

»Hmmm. Hat sie Ihnen gesagt, wann Michael das Haus verlassen hat?«

»Vor zwölf Uhr, glaube ich.«

»Merkwürdig, daß ich ihn dann nicht gesehen habe«, sagte Quinn. »Ich habe einen Spaziergang gemacht und bin um kurz nach zwölf im Bird-in-Hand gewesen. Als ich zwanzig Minuten später gegangen bin, war Michael noch nicht dort. Aber vielleicht hat Irene nur angenommen, daß er dorthin wollte ...«

Carole runzelte die Stirn. »Ja, das ist möglich«, gab sie zu, »aber was sollen alle diese Fragen? Hat Inspektor Elvin Sie beauftragt, uns zu überwachen?«

»Nein, das ist ausschließlich meine eigene Idee«, versicherte Quinn ihr. »Aber sobald er benachrichtigt worden ist, wird er wissen wollen, wo wir uns zwischen zwölf und halb eins aufgehalten haben.«

»Wovon benachrichtigt?«

»Von Miss Wilkinsons Unfall. Ich wollte sie besuchen und bin dort Doktor Bossard begegnet, der in ihre Garage einzubrechen versuchte. Er hat mich gebeten, ihm zu helfen, weil das Garagentor abgeschlossen war – und Miss Wilkinson drinnen neben ihrem Wagen lag, dessen Motor lief.«

Carole bedeckte ihren Mund mit der Hand. »Oh ...«

»Leider«, meinte Quinn lakonisch. »Wir haben sie herausgeholt und ins Krankenhaus bringen lassen. Ich glaube allerdings nicht, daß ihr noch zu helfen war. Ich bin davon überzeugt, daß sie bereits tot war, als wir das Tor aufgebrochen haben.«

»Warum sollte der Inspektor sich dafür interessieren, wo wir zwischen zwölf und halb eins waren?« fragte Carole nach einer längeren Pause.

»Weil ich glaube, daß Miss Wilkinson irgendwann in diesem Zeitraum überfallen worden ist«, erklärte Quinn ihr. »Sie ist niedergeschlagen und in die Garage geschleppt worden. Der Täter wollte damit einen Unfall vortäuschen.«

»Sie glauben also, daß ...«

»Ja, ich bin davon überzeugt, daß sie von einem von drei Leuten ermordet worden ist, der auch Adele Parry auf dem Gewissen hat: Mrs. Parrys Mann, ihr Arzt oder ihr letzter Liebhaber. Wissen Sie schon, daß Miss Wilkinson heute morgen hier angerufen und behauptet hat, Adeles Mörder zu kennen?«

»Nein«, antwortete Carole mit erstickter Stimme.

»Sie hat mit Mrs. Ford gesprochen«, erklärte Quinn Carole. »Offenbar wollte sie heute nachmittag vorbeikommen und ihre Behauptung beweisen. Das habe ich Michael erzählt, und ich zweifle nicht, daß Mrs. Ford ihren Mann informiert hat.«

»Aber er war doch gar nicht hier!«

»Er kann schon wieder gegangen sein. Falls er es war, wissen wir, wohin er wollte.«

Carole kniff die Augen zusammen. »Haben Sie Neil Ford gemeint, als Sie von Adeles letztem Liebhaber gesprochen haben?«

»Ja. Ich habe gehört, wie er seiner Frau erklärt hat, Adele sei über ihn hergefallen, und er habe sich nur mühsam vor ihr retten können.«

Carole trat ans Fenster und starrte hinaus. »Warum ziehen Sie die anderen in diese Sache hinein, wenn Sie Neil verdächtigen? Michael hat schon genug durchgemacht und . . .«

»Michael ist Ihnen ganz gleichgültig«, unterbrach Quinn sie. »Ihnen geht es nur um den lieben Geoffrey. Sie wollen ihn unbedingt schützen, nicht wahr?«

Carole drehte sich um. »Schließlich ist er mein Mann!« sagte sie trotzig. »Und ich stehe auf seiner Seite.«

»Bravo! Aber seitdem Adele Parry tot ist, braucht er Ihre Unterstützung nicht mehr. Niemand kann ihm nachweisen, daß sie mehr als nur eine Patientin gewesen ist. Auf ihn fällt nicht einmal der geringste Verdacht, da Ariadne Wilkinson jetzt auch zum Schweigen gebracht worden ist.«

»Ich wollte, ich hätte Sie nie kennengelernt!« stieß Carole hervor. »Das sind alles nur Unterstellungen. Warum legen Sie es darauf an, ihm Schwierigkeiten zu machen?«

»Jemand hat Miss Wilkinson ermordet. Und Ihr Doktor Bossard könnte der Täter gewesen sein.«

»Wie denn? Sie haben selbst gesagt, daß sie etwa eine halbe Stunde in der Garage gelegen haben muß. Wenn er eben erst hingekommen war . . .«

»Das ist seine Story«, wandte Quinn ein. »Wer hat ihn ankommen gesehen? Wer weiß, ob er nicht schon eine Dreiviertelstunde lang dort war, oder zum zweitenmal aufgekreuzt ist?«

»Und wer weiß, ob das nicht alles auf Sie zutrifft?« fragte Carole aufgebracht. »Auch Sie könnten ein Motiv gehabt haben, das . . .« Sie machte eine Pause, als draußen ein Wagen vor dem Haus hielt. »Warum starren Sie mich so an?« wollte sie dann wissen. »Was habe ich gesagt?«

»Ich verdanke Ihnen die Erkenntnis, daß das offenkundige Motiv nicht immer das wahre zu sein braucht«, antwortete Quinn geheimnisvoll.

Bevor Carole etwas dazu sagen konnte, klingelte es an der Haustür. Inspektor Elvin stand dort. Hinter ihm wurde Sergeant Taylor sichtbar. Der Inspektor nickte Quinn zu, bevor er sich an Carole wandte.

»Guten Tag, Miss Stewart. Ich nehme an, daß Sie von Miss Wilkinson gehört haben?«

»Ja. Mr. Quinn hat mir davon erzählt.«

»Aha, Sie kennen Sergeant Taylor bereits? Nein? Er ist mein Assistent.«

Der Sergeant murmelte etwas Unverständliches, legte die Hände hinter dem Rücken zusammen und sah zur Decke auf.

»Kann es ein Unfall gewesen sein, Inspektor?« erkundigte Carole sich.

»Oh, diese Möglichkeit besteht immer.« Elvin sah zu Quinn hinüber. »Aber Sie glauben nicht recht daran, was?«

»Richtig«, stimmte Quinn zu. »Ich möchte erst wissen, wo Parry, Ford und Bossard zwischen zwölf und halb eins waren.«

Inspektor Elvin nickte nachdenklich. »Aha . . . Nun, das sollte nicht weiter schwierig sein. Doktor Bossard kommt ohnehin her. Inzwischen können wir Mr. Parry und Mr. Ford fragen.«

»Sie sind nicht hier«, sagte Quinn.

»Wirklich? Wann werden sie zurückerwartet? Wissen Sie das, Miss Stewart?«

»Michael soll im Bird-in-Hand sein«, antwortete Carole, »und Neil macht einen Spaziergang.«

»Seit wann?«

»Seit halb zehn.«

Der Inspektor sah auf seine Uhr. »Schon fast zwei – vier Stunden sind ein langer Marsch an einem so heißen Tag. Vielleicht ist er irgendwo eingekehrt? Halten Sie das für wahrscheinlich?«

»Keine Ahnung«, gab Carole zu.

»Sollen wir seine Frau fragen?«

»Sie ist auch nicht hier. Sie ist vor etwa einer halben Stunde weggegangen.«

»Wissen Sie, wohin sie wollte, Miss Stewart?«

»Ich nehme an, daß sie ihren Mann sucht, um ihn zum Mittagessen zu holen.«

»Erzählen Sie keine Märchen, Carole!« warf Quinn ein. »Sie wissen genau, daß sie ihm einen Krach machen will, weil er Sie belästigt hat.«

»Das geht Sie nichts an!« fauchte Carole. »Was zwischen mir und Neil Ford vorgefallen ist, braucht auch die Polizei nicht zu kümmern!«

Inspektor Elvin nickte zustimmend. »Sie haben recht, Miss Stewart. Wir haben wichtigere Dinge mit Mr. Ford zu besprechen. Aber es gibt eine Frage, die nur Sie beantworten können . . .«

»Ja?«

»Wann haben Sie sich von Mr. Ford getrennt?«

»Kurz vor zwölf Uhr«, antwortete Carole zögernd. »Wir wollten in den Bird-in-Hand, um ein Bier zu trinken, aber dann – hat er Dummheiten gemacht. Ich mußte ihn stehenlassen.«

»Und wo ist das passiert?«

»Auf der anderen Seite des Dorfs.«

»Wie weit von Miss Wilkinsons Haus an der Northwood Lane entfernt?« fragte der Inspektor.

Carole sah kurz zu Quinn hinüber. »Nur ein paar Minuten weit«, gab sie zu.

»Sie haben ihn seitdem nicht mehr gesehen?«

»Nein.«

»Sind Sie geradewegs hierher zurückgekommen?«

»Nein. Ich war wütend und wollte vermeiden, daß Mrs. Ford mich in diesem Zustand sah – sie hätte sonst erraten können, wie ihr Mann sich benommen hat.«

»Aha ... Sie waren nicht zufällig in der Northwood Lane, Miss Stewart?«

»Ich weiß nicht, wie Sie das meinen, Inspektor, aber falls Sie andeuten wollen, daß ich ...«

»Ich will gar nichts andeuten«, unterbrach Elvin sie. »Mich interessiert nur, ob Sie Mr. Ford vielleicht in der Nähe von Miss Wilkinsons Haus gesehen haben – oder ob er in diese Richtung gegangen ist.«

»Ich habe keine Ahnung, wohin er gegangen ist.«

Inspektor Elvin nickte langsam. »Gut, dann müssen wir eben abwarten, was Mr. Neil Ford in eigener Sache zu sagen hat.«

15

Sie brauchten nicht lange zu warten. Quinn sah Michael Parry und die Fords unter den Ulmen aufs Haus zukommen. Sie sprachen miteinander und wirkten ganz unbekümmert. Er fragte sich, wie es Neil Ford gelungen sein mochte, seiner Frau einzureden, Caroles vorzeitige Rückkehr habe einen ganz harmlosen Grund gehabt.

Quinn hörte Irene Ford sogar lachen. Aber dann sahen sie den vor dem Haus geparkten Streifenwagen und schwiegen plötzlich. Michael kam als erster herein.

»Was gibt's diesmal?« fragte er Elvin.

»Ich habe noch einige Fragen zu stellen«, antwortete der Inspektor.

»Aber ich weiß keine Antworten mehr. Ich habe Ihnen alles gesagt, was ich zu sagen habe!«

»Sie irren sich – ich bin nicht Ihretwegen hier.« Elvin nickte Neil Ford zu und lächelte zu Irene hinüber. »Darf ich mich vorstellen? Ich bin Inspektor Elvin von der Kriminalpolizei Blandford – und das hier ist Sergeant Taylor. Wir ermitteln die näheren Umstände von Mrs. Parrys Tod.«

»Ich wußte gar nicht, daß es da etwas zu ermitteln gibt«, sagte Neil Ford.

»Oh, sogar sehr viel – und Sie können uns vielleicht behilflich sein.«

»Warum gerade ich?« Ford sah wütend zu Quinn hinüber. »Was haben Sie ihm erzählt?«

Quinn verstand plötzlich einiges, was er schon früher hätte erkennen müssen. Alles war ganz offensichtlich, aber du hast es nicht sehen wollen, dachte er. Halt lieber den Mund, sonst merken die anderen, wie dämlich du bist. Du hast dich an Motive geklammert und nacheinander Parry, Bossard und Ford verdächtigt ...

Er erwiderte gelassen Fords Blick. »Ich habe ihm nichts erzählt, aber das kann noch kommen. Vielleicht sitzen Sie schlimmer in der Patsche, als Sie ...«

»Ich sitze nicht in der Patsche! Kümmern Sie sich gefälligst um Ihre eigenen Angelegenheiten!«

»Vielleicht wäre es besser, wenn wir uns privat unterhalten würden, Mr. Ford«, schlug Elvin vor. »Hier gibt es bestimmt einen Raum, den wir benützen können, nicht wahr?«

»Das ist nicht nötig«, wehrte Ford ab. »Was Sie mir zu sagen haben, können wir auch hier besprechen.«

»Vor allen anderen?«

»Warum nicht? Ich habe nichts zu verbergen.«

Elvin zuckte mit den Schultern. »Gut, wie Sie wollen. Ich dachte nur, es wäre Ihnen vielleicht unangenehm, wenn Mr. Parry und Ihre Frau von Ihrem Verhältnis mit Mrs. Parry erfahren.«

»Unverschämtheit!« knurrte Ford. »Zwischen mir und Mrs. Parry hat es nichts gegeben, was ...«

»Ich habe erfahren, daß Sie ihr Liebhaber waren«, unterbrach Elvin ihn.

»Oh!« Irene Ford schloß die Augen. »Nein, das ist nicht wahr, das ist gelogen!«

»Leider stimmt es doch«, erklärte Elvin ihr. »Wenn Sie nicht noch mehr hören möchten, wäre es besser, wenn Sie uns verließen, Mrs. Ford.«

Irene Ford starrte ihren Mann an. »Du hast behauptet, ihr hättet euch nur zweimal getroffen! Du hast mir geschworen, mich nie betrogen zu haben. Aber das war eine Lüge!«

Michael Parry ließ sich in einen Sessel fallen und verbarg sein Gesicht in den Händen. Carole sah zu Quinn hinüber. Sergeant Taylor betrachtete nicht mehr die Decke, sondern behielt Ford im Auge.

»Ich habe nicht gelogen, Irene«, behauptete Ford. »Warum glaubst du ihm das, ohne Beweise zu haben? Er soll es dir erst beweisen!«

Mrs. Ford wandte sich an den Inspektor. »Können Sie – können Sie das beweisen?«

»Nein«, gab Elvin zu, »aber nur aus einem Grund nicht.«

»Warum also nicht?« wollte Ford wissen.

»Das muß Ihnen so klar wie mir sein«, antwortete Elvin gelassen. »Nach Mrs. Parrys Tod war Ihr Verhältnis mit ihr nur noch durch Indizienbeweise zu belegen – wenn sich nachweisen ließ, daß Sie oft hier waren, ohne einen triftigen Grund für Ihre Anwesenheit zu haben.«

»Das ist auch gelogen!«

»Nein, Mr. Ford. Sie sind oftmals gesehen worden, als Sie hierher ...«

»Wer hat mich gesehen? Nur weiter! Wer ist dieser Augenzeuge?«

Quinn hörte ein Auto den Hügel heraufkommen. Inspektor Elvin schien es ebenfalls gehört zu haben, denn er sah zum Fenster hinüber.

»Miss Wilkinson hat Sie beobachtet«, fuhr er dann fort. »Von ihrem Haus aus ist die Einfahrt dieses Grundstücks zu sehen. Deshalb ist sie heute morgen überfallen und in ihre Garage eingesperrt worden, wo der Motor ihres Wagens lief.«

Michael Parry hob ruckartig den Kopf. Irene Ford schien einer Ohnmacht nahe zu sein. Carole sah fragend zu Quinn hinüber.

»Ich bin aber nicht bei ihr gewesen!« stellte Ford fest. »Ich war noch nie bei Miss Wilkinson. Warum hätte ich sie umbringen sollen, selbst wenn sie beobachtet hätte, daß ich Mrs. Parry ein paarmal besucht habe?«

»Aus gutem Grund«, antwortete der Inspektor. »Was wäre, wenn sie beweisen könnte, daß Sie an Mrs. Parrys Tod schuld sind?«

Der Wagen hielt vor dem Haus. Dr. Bossard stieg aus. Sergeant Taylor ging zur Tür, um ihn einzulassen.

Ford schüttelte verwirrt den Kopf. »Ist das Ihr Ernst?« fragte er Elvin. »Glauben Sie, daß ich Adele umgebracht habe? Wie wollen Sie das beweisen? Wie können Sie so etwas behaupten?«

»Ich kann beweisen, daß Sie am Freitagnachmittag in diesem Haus waren«, antwortete der Inspektor.

»Nein, ich war den ganzen Tag in Ringwood!«

»Können Sie das beweisen?«

Bevor Neil Ford antworten konnte, warf seine Frau ein: »Ich kann es! Er war am Freitag den ganzen Tag über mit mir zusammen.« Sie bewegte nervös ihre schmalen Schultern. »Den ganzen Tag!« wiederholte sie nachdrücklich.

»Sind Sie bereit, das zu beschwören, Mrs. Ford?« erkundigte Inspektor Elvin sich.

Sie schluckte. »Ja – ja, das bin ich.«

Elvin wandte sich an Ford. »Sie haben gehört, was Ihre Frau gesagt hat. Falls sie eine Unwahrheit beschwört, hat sie ein Verfahren wegen Meineids zu erwarten. Die Konsequenzen sind Ihnen wohl klar?«

»Danke, Irene«, sagte Ford halblaut. »Das war mehr, als ich verdient hatte. Aber du kannst dich darauf verlassen, daß ich dir das nie vergesse! Ich ...«

»Ich will nur nach Hause, Neil«, unterbrach sie ihn. »Ich werfe dir nichts vor. Es war Adeles Schuld, alles war ihre Schuld.«

Quinn wußte, daß sie sich damit zufriedengeben würde. Jetzt hatte sie ihren Mann wieder. Jetzt war ihre kleine Welt nicht mehr in Gefahr. Jetzt war wieder alles in Ordnung.

»Halt!« sagte Elvin, als Ford mit seiner Frau zur Treppe gehen wollte. »Wir sind noch längst nicht fertig.«

»Was gibt's noch?« erkundigte Ford sich mißmutig.

»Sie haben die Darstellung Ihrer Frau bisher nicht bestätigt.«

»Lächerlich! Soll ich etwas anderes sagen und sie als Lügnerin hinstellen?«

»Nein, das erwarte ich nicht. Aber ich möchte wissen, ob Sie am Freitagnachmittag zwischen eins und vier mit ihr zusammen waren.«

»Selbstverständlich«, antwortete Ford, ohne zu zögern. »Wir waren den ganzen Freitag über zusammen – morgens, mittags und abends. Können wir jetzt gehen?«

»Nein, leider nicht. Was sind Sie von Beruf, Mr. Ford?«

»Das hat nichts mit dieser Sache zu tun und ist ...«

»Doch, es ist wichtig«, unterbrach Elvin ihn. »Beantworten Sie bitte meine Frage.«

»Gut, wie Sie wollen. Ich habe in Ringwood ein Antiquitätengeschäft.«

»War Ihr Laden am Freitag nicht geöffnet?« erkundigte der Inspektor sich.

»Doch, natürlich! Und die Antwort auf Ihre nächste Frage kann ich gleich vorwegnehmen: Ja, meine Frau hilft mir jeden Tag im Geschäft.«

»Haben Sie noch weitere Angestellte?«

»Samstags kommt eine Aushilfe, damit meine Frau einkaufen kann. Genügt Ihnen das?«

»Was den Freitag anbelangt, bin ich vorerst zufrieden«, antwortete Elvin. »Kommen wir also zu heute vormittag. Sie haben einen Spaziergang mit Miss Stewart gemacht?«

»Ja.« Ford sah zu Carole hinüber. »Wir sind zwischen halb zehn und zehn weggegangen.«

»Und bis wann waren Sie zusammen?«

»Bis ich Mr. Parry im Bird-in-Hand getroffen habe.«

»Wann war das?«

»Keine Ahnung«, antwortete Ford irritiert. »Sonntags sehe ich nicht alle fünf Minuten auf die Uhr!«

»Selbstverständlich nicht. Aber Sie müssen doch einen ungefähren Zeitpunkt angeben können?«

Während Ford nachdachte, kam Dr. Bossard herein und blieb neben Carole stehen, die zu ihm auflächelte.

»Das muß gegen zwölf Uhr gewesen sein«, meinte Neil Ford schließlich. »Mr. Parry und ich haben etwas getrunken und sind vor dem Pub meiner Frau begegnet. Sie hat mich gesucht, und wir haben sie zu einem Drink überredet. Deshalb sind wir so spät zurückgekommen.«

Elvin sah zu Parry hinüber. »Waren Sie schon im Bird-in-Hand, als Mr. Ford eingetroffen ist?«

Michael stand auf. »Ja«, sagte er langsam, als denke er angestrengt nach.

»Wann war das, Mr. Parry?«

»Auf jeden Fall nach halb eins.«

»Wissen Sie das bestimmt, Mr. Parry?«

»Ganz bestimmt! Ich kann die Zeit nicht auf die Minute genau angeben, aber . . .«

»Du täuschst dich«, unterbrach Ford ihn. »Es kann unmöglich so spät gewesen sein!«

Parry wandte sich an Quinn. »Sie wissen, wie spät es war. Ich habe Sie hinausgehen sehen, als ich gekommen bin. Sie haben mich nicht bemerkt – aber ich habe recht, nicht wahr?«

»Ja, Sie haben recht«, bestätigte Quinn. »Ich kann Mr. Parry nur beipflichten, Inspektor. Ich habe den Bird-in-Hand kurz vor halb eins verlassen und dort weder ihn noch Mr. Ford gesehen.«

Elvin nickte. »Sie scheinen sich geirrt zu haben, nicht wahr,

Mr. Ford?« Er sah zu Carole hinüber. »Stimmt es, daß Mr. Ford bis zwölf Uhr mit Ihnen zusammen war, Miss Stewart?«

Sie schüttelte den Kopf. »Nein, wir haben uns früher getrennt«, gab sie leise zu. »Schon um zehn oder Viertel vor zwölf. «

»Und wo war das?«

»Auf der anderen Seite des Dorfs.«

»Wie lange hätte man von dort aus zu Miss Wilkinsons Haus in der Northwood Lane zu gehen?«

»Ungefähr zehn Minuten«, antwortete Carole.

Ford hatte mit verständnisloser Miene zugehört. »Zum Bird-in-Hand war es auch nicht weiter«, wandte er heiser ein. »Aber ich gebe zu, daß ich mich geirrt habe, ich habe einen Spaziergang gemacht, bevor ich in den Pub gegangen bin.«

»So daß Sie erst nach halb eins im Bird-in-Hand waren?« erkundigte Inspektor Elvin sich.

»Wahrscheinlich stimmt das . . .«

»Sie können also mindestens vierzig Minuten nicht belegen, Mr. Ford?«

»Ich habe einen Spaziergang gemacht.«

»Soll ich das wirklich glauben?« fragte der Inspektor. »Sie und Miss Stewart waren seit zehn Uhr unterwegs. Da ist doch anzunehmen, daß . . .«

»Was Sie annehmen, interessiert mich nicht!« unterbrach Ford ihn. »Ich weiß überhaupt nicht, was Sie von mir wollen! Hoffentlich kapieren Sie endlich, daß ich weder heute noch irgendwann in der Nähe von Miss Wilkinsons Haus war.«

»Ihre Argumente würden mich sehr beeindrucken, wenn Sie sie irgendwie untermauern könnten, Mr. Ford«, erwiderte Elvin gelassen. »Haben Sie beispielsweise jemand getroffen, der bestätigen könnte, daß Sie um Viertel nach zwölf weit von der Northwood Lane entfernt waren?«

Neil Ford schüttelte den Kopf. »Sie haben kein Recht, mich so auszufragen. Ich sage jetzt nichts mehr.«

»Gut, dann bleibt mir keine andere Wahl, als Sie . . .«

»Ich kann bestätigen, was mein Mann sagt«, unterbrach Irene Ford den Inspektor. »Ich war um Viertel nach zwölf bei ihm.«

»Nein, Mrs. Ford«, wehrte Elvin ab. »Nicht schon wieder! Das klappt nicht zweimal.«

»Aber es ist wahr! Als er um zwölf noch nicht zurückgekommen war, habe ich nach ihm gesucht.«

»Wußten Sie, wohin er mit Miss Stewart gegangen war?«

»Nein, eigentlich nicht«, gab Irene zögernd zu, »aber ich konnte es mir denken ...«

»Und Sie haben ihn mühelos gefunden?«

»O ja!«

»Was haben Sie dann getan?«

»Wir haben uns ein bißchen unterhalten, wenn Sie wissen, was ich meine.«

»Und dann?«

Irene zögerte erneut. »Ich bin hierher zurückgekommen, um das Mittagessen vorzubereiten.«

»Waren Sie hier, als Miss Stewart nach Hause kam?«

»Gewiß, und sie kann bestätigen, daß ich ...«

»Das kann sie auch, ohne daß Sie ihr alles vorsagen«, unterbrach der Inspektor sie. Als Neil Ford protestieren wollte, wehrte Elvin ab: »Das gilt übrigens auch für Sie, Mr. Ford! Ich dulde keine Einmischung von Ihrer Seite mehr. Ihre Frau hat freiwillig bestimmte Angaben gemacht, und ich habe das Recht, ihr dazu Fragen zu stellen.« Er wandte sich freundlicher an Carole. »Und nun zu Ihnen, Miss Stewart. War Mrs. Ford hier, als Sie zurückkamen?«

»Ja.«

»Wann war das?«

»Kurz vor halb eins.«

»Ist sie wenig später weggegangen?«

»Schon nach zwei oder drei Minuten«, bestätigte Carole.

»Danke.« Elvin betrachtete Irenes hageres Gesicht. »Habe ich alles richtig verstanden, Mrs. Ford? Sie sind um zwölf Uhr losgegangen, um Ihren Mann zu suchen, haben ihn gegen Viertel nach zwölf gefunden, haben einige Zeit mit ihm gesprochen und sind nach Elm Lodge zurückgekehrt. Als Miss Stewart um halb eins hereinkam, haben Sie sich nochmals auf die Suche nach Ihrem Mann gemacht. Stimmt das alles?«

Irene zupfte an ihrem Rock. »Ja, aber wenn Sie es so sagen, klingt es irgendwie komisch.«

»Das ist es auch«, bestätigte der Inspektor. Er zeigte auf Michael. »Sie waren zuletzt mit Mrs. Ford hier im Haus, Mr. Parry. Wann sind Sie fortgegangen?«

Michael strich sich den Schnurrbart. »Gegen halb zwölf«, antwortete er langsam. »Ich habe Irene gesagt, daß ich in den Bird-in-Hand wollte . . .« Er schien noch etwas hinzufügen zu wollen, zögerte jedoch unschlüssig.

»Ja, Mr. Parry?« fragte Elvin. »Weiter, bitte.«

»Nun, ich bin nicht gleich weggegangen. Ich hatte es nicht eilig, weil der Bird-in-Hand sonntags erst um zwölf aufmacht. Bis dahin wollte ich nach meinem Wagen sehen. Er springt in letzter Zeit schlecht an, und ich habe den Verdacht, daß er . . .«

»Danke, das genügt«, unterbrach Elvin ihn. »Sie waren also einige Zeit in der Garage? Was ist in diesem Zeitraum passiert?«

»Mrs. Ford hat das Haus verlassen. Sie schien es sehr eilig zu haben. Ich habe mir nichts dabei gedacht, aber wenn sie jetzt behauptet, erst um zwölf fortgegangen zu sein . . .«

»Wann haben Sie sie gesehen, Mr. Parry?«

»Spätestens um zwanzig vor zwölf.«

Irene Ford sah verlegen zu Boden und zupfte wieder an ihrem Rock, als sie merkte, daß die anderen sie anstarrten.

»Nun, Mrs. Ford, glauben Sie nicht auch, daß Sie eine Dummheit gemacht haben?« fragte der Inspektor.

»Jeder kann sich einmal irren!« antwortete sie trotzig. »Es war schon fast zwölf, Inspektor. Aber das ist nicht weiter wichtig. Sie behaupten, mein Mann sei um Viertel nach zwölf in der Northwood Lane gewesen, das ist nicht wahr! Ich kann beschwören, daß er nicht in der Nähe von Miss Wilkinsons Haus war.«

»Leugnen hat keinen Zweck mehr, Mrs. Ford«, erklärte Elvin ihr. »Sie waren zur fraglichen Zeit nicht mit ihm zusammen. Warum geben Sie das nicht endlich zu!«

»Ich denke nicht daran!« sagte Irene Ford nachdrücklich. »Das ist die Wahrheit, Inspektor. Ich war bei ihm!«

»Unmöglich«, widersprach Elvin. »Jemand hat ihn um diese Zeit gesehen – er war allein.«

Irene Ford schwieg, aber ihr Mann fragte: »Wer, wer soll mich um Viertel nach zwölf gesehen haben?«

»Sie sind tatsächlich gesehen worden«, erklärte Elvin ihm. »Doktor Bossard war zu einem Krankenbesuch unterwegs und ist an Ihnen vorbeigefahren, als Sie auf dem Weg zum Bird-in-Hand waren. Stimmt das, Doktor?«

»Ja«, antwortete Bossard unwirsch.

»Aber warum ...«, begann Ford, räusperte sich und wiederholte: »Aber warum haben Sie so getan, als hätte ich Miss Wilkinson auf dem Gewissen, wenn doch feststand, daß ich nicht in der Northwood Lane gewesen bin?«

Der Inspektor lächelte. »Sie haben voreilige Schlüsse gezogen. Ich habe nicht behauptet, Miss Wilkinson sei ermordet worden. Sie lebt nämlich noch.« Er sah zu Michael Parry hinüber. »Sie haben versucht, mich abzulenken, während Mrs. Ford sich bemühte, ihrem Mann ein Alibi zu verschaffen, das er nicht brauchte. Sie waren angeblich im Bird-in-Hand, aber in Wirklichkeit haben Sie sich in der Garage aufgehalten, und ...«

»Das habe ich Ihnen doch schon erklärt«, warf Michael verwirrt und schuldbewußt ein.

»... und während Sie dort waren, haben Sie gesehen, wie Mrs. Ford das Haus gegen zwanzig vor zwölf verlassen hat«, fuhr der Inspektor fort. »Stimmt das, Mrs. Ford?«

»Ja«, antwortete Irene tonlos.

»Dann haben Sie etwas erreicht, das Ihnen wahrscheinlich noch nicht klar ist, Mr. Parry«, stellte Elvin fest. »Niemand kann bestätigen, wo Sie zwischen zwanzig vor zwölf und halb eins waren. Würden Sie mir das bitte erklären?«

»Ich habe in der Garage an meinem Wagen gearbeitet«, beteuerte Michael aufgebracht. »Dann habe ich mir die Hände gewaschen und bin ins Dorf gegangen. Das ist die Wahrheit!«

»Davon bin ich überzeugt, Mr. Parry«, beruhigte der Inspektor ihn. Er sah zu Irene hinüber. »Nun, Mrs. Ford, war das nicht doch ungeschickt von Ihnen? Sie waren so sehr darauf bedacht, Ihrem Mann ein Alibi zu liefern, daß Sie ganz vergessen haben, sich selbst eines zu konstruieren. Ich brauche nicht zu fragen, wo Sie heute gegen zwölf Uhr waren – ich weiß es bereits.«

Irene Ford begann am ganzen Leib zu zittern.

»Was soll das alles?« fragte Neil Ford erregt. »Was hat das zu bedeuten?«

»Mischen Sie sich bitte nicht ein, Mr. Ford«, verlangte Elvin, ohne den Blick von Irene zu wenden. »Nun, Mrs. Ford? Sie haben geglaubt, Miss Wilkinson würde erst tot aufgefunden werden, nicht wahr? Dann hätte sie nicht sagen können, daß sie den Wagen Ihres Mannes am Freitagnachmittag vor diesem Haus gesehen hat. Sie hat an einen der üblichen Besuche gedacht, bis sie hörte, daß Mrs. Parry zu diesem Zeitpunkt vergiftet worden war.«

»Mein Gott!« stöhnte Neil Ford. »Du hast vorgegeben, nichts von Adele und mir zu wissen. Und dabei ...«

Der Inspektor nickte. »Ja, Mr. Ford, Ihre Frau hat alles gewußt. Aber nur sie kann erklären, warum sie Mrs. Parry ermordet hat. Ich nehme allerdings an, daß das Telefongespräch am Freitagmorgen etwas damit zu tun hatte ...«

Quinn sah, daß Dr. Bossard Carole etwas zuflüsterte. Sie nickte und ging mit ihm hinaus.

»Die Telefonistin im Hotel Cavendish hatte gestern keinen Dienst, aber ich habe heute mit ihr gesprochen«, fuhr der Inspektor fort. »Sie hat geglaubt, das Gespräch sei beendet, und hat gehört, als Ihre Frau mit Mrs. Parry vereinbarte, daß sie sich in Salisbury treffen würden ...«

Michael ging langsam und schwerfällig zur Treppe.

»Das war ein Fingerzeig, aber noch kein Beweis«, fuhr Elvin fort. »Dafür brauchte ich Miss Wilkinson. Und als ich hörte, was ihr zugestoßen war, wußte ich auch, daß jemand versucht hatte, sie zum Schweigen zu bringen, weil sie am Freitag zuviel gesehen hatte.«

Irene Ford nickte resigniert. »Was Sie jetzt tun, ist mir gleich«, sagte sie leise. »Adele hatte alles; sie war reich und schön und hätte sich die Männer aussuchen können – aber sie wollte mir meinen Mann stehlen. Das durfte ich nicht zulassen. Sie hatte den Tod verdient, und ich bin froh, daß ich sie umgebracht habe.«

Ihr Mann starrte sie entgeistert an. »Sei doch ruhig, um Gottes willen, halt den Mund! Das kann dir niemand beweisen, solange du . . .« Er schwieg atemlos.

»Adele war nicht dein erstes Verhältnis«, stellte sie fest. »Aber du bist immer zu mir zurückgekommen, Neil. Nur diesmal hatte ich Angst um dich. Sie hat geglaubt, ich ließe mich bestechen, dich freizugeben, wie sie Michael bestechen wollte.«

»Aber ich hätte dich nicht . . .«, begann er.

»Hättest du mich wirklich nicht verlassen, Neil?« Sie schüttelte den Kopf. »Ich habe es nicht nur deinetwegen getan. Ich habe sie gehaßt! Ich will jetzt nicht mehr leugnen, sondern gleich ein Geständnis ablegen. Wenn ich das nicht tue, kann Ariadne Wilkinson dem Inspektor alles erzählen.«

Elvin räusperte sich. »Nein, das kann sie leider nicht. Das war eine List, Mrs. Ford. Sie ist tot.«

Irene Ford starrte ihn empört an. »Sie haben mich hereingelegt! Das ist unfair! Sie hatten kein Recht, mich zu belügen.«

»Darüber können wir später sprechen«, sagte Elvin. »Sie brauchen jetzt keine Aussage zu machen, Mrs. Ford. Sollten Sie es jedoch tun, ist es meine Pflicht, Sie darauf aufmerksam zu machen, daß alles, was Sie sagen . . .«

16

Die Gerichtsverhandlung zur Feststellung von Adele Parrys Todesursache fand am Montagmorgen statt und dauerte nur eine Dreiviertelstunde. Quinn ließ sich anschließend einen Pub in der Nähe zeigen und trank dort in aller Ruhe ein Bier. Als er überlegte, ob er ein zweites bestellen sollte, kam Inspektor Elvin herein.

»Darf ich Sie zu einem Bier einladen?« fragte er.

»Sie sind gerade rechtzeitig gekommen«, antwortete Quinn. »Ich trinke gern einen Schluck auf Ihr Wohl.«

»Ich schulde Ihnen mehr als ein Bier«, stellte der Inspektor fest.

»Ich räume Ihnen gern Ratenzahlung ein.«

»Nein, das ist mein Ernst«, sagte Elvin. »Sie haben mir wirklich viel geholfen.«

Quinn wartete, bis die Gläser vor ihnen standen. »Sie haben recht, glaube ich.« Er trank Elvin zu. »Das mit Miss Wilkinson war übrigens ein raffinierter Bluff.«

Inspektor Elvin lächelte schwach. »Sie sind auch auf etwas noch Wichtigeres hereingefallen . . .«

»Tatsächlich?«

»Ja. Doktor Bossard hat Ford nicht unterwegs gesehen. Hätte ich ihn nicht zu dieser kleinen Lüge überredet, hätte ich nicht beweisen können, daß Mrs. Ford gestern um Viertel nach zwölf nicht mit ihrem Mann zusammen war.«

»Hmmm«, meinte Quinn nachdenklich. »Das ist mir seltsam vorgekommen, aber – Miss Wilkinson könnte übrigens noch leben, wenn ich am Telefon etwas höflicher gewesen wäre.«

»Haben Sie ein schlechtes Gewissen?« fragte der Inspektor. »Schlagen Sie sich das aus dem Kopf, Mr. Quinn. Gegen solche Dinge ist man machtlos.«

»Richtig«, murmelte Quinn. »Und Doktor Bossard, Inspektor? Er kommt wohl ungeschoren davon?«

»Niemand kann beweisen, daß er ein Verhältnis mit Adele Parry hatte«, bestätigte Elvin.

»Warum nicht? Seine Frau hat ihn hinausgeworfen, weil er . . . oh, Sie wissen nicht, daß er verheiratet ist, nicht wahr?«

Elvin spielte mit seinem Glas. »Doch, Mr. Quinn. Ich habe schon früher gewußt, daß es irgendwo eine Mrs. Bossard gab. Unsere Ermittlungen haben uns dann zu Miss Stewart geführt.«

»Und nun leben sie glücklich bis an ihr seliges Ende«, sagte Quinn niedergeschlagen. Dann gab er sich einen Ruck. »Erzählen Sie mir lieber von Mrs. Ford«, verlangte er. »Was hat Sie bisher gestanden?«

»Schon ziemlich alles. Sie hatte Streit mit Mrs. Parry, die ihr vorgeschlagen hat, sich für Geld von ihrem Mann scheiden zu lassen. Mrs. Ford ist zum Schein darauf eingegangen und hat den Versöhnungstrunk mit Pembrium versetzt. Als das Mittel zu wirken begann, war es schon nach drei Uhr . . .«

»Und Michael konnte zurückkommen und seine Frau rechtzeitig finden«, warf Quinn ein. »Deshalb mußte sie ins Kinderzimmer geschafft werden.«

»Ganz recht. Ursprünglich hatte Mrs. Parry im Schlafzimmer bleiben sollen, aber das war jetzt zu gefährlich. Irene Ford hat die Bewußtlose in das andere Zimmer geschleppt und dort einen Selbstmord vorgetäuscht.«

»Die Schuhe!« sagte Quinn plötzlich. »Die ordentlich hingestellten Schuhe hätten mich mißtrauisch machen sollen!«

»Mrs. Ford scheint geradezu krankhaft pedantisch zu sein«, stimmte der Inspektor zu. Er trank aus seinem Glas. »Und ihr Mann ist ihr kostbarster Besitz, weil er sie davor bewahrt hat, eine alte Jungfer zu werden. Sie hat ihm alle Seitensprünge verziehen, aber als die reiche und schöne Adele Parry ihn zu umgarnen versuchte, hat Mrs. Ford unerwartet energisch reagiert.«

»Allerdings!« stimmte Quinn zu. Dann fiel ihm etwas ein. »Sie haben selbst gemerkt, warum im Kinderzimmer Licht gebrannt hat, nicht wahr?«

»Ja ... aber Sie dürfen es mir trotzdem erzählen.« Der Inspektor lächelte schwach. »Wann ist Ihnen die richtige Antwort eingefallen?«

»Als mir klar wurde, daß man erst bei Einbruch der Dunkelheit Licht macht – nicht tagsüber, wenn die Sonne noch scheint. Es war nicht dunkel, als Miss Stewart und ich ankamen; es war nicht dunkel, als Michael Parry nach Blandford fuhr. Aber es war bereits dunkel, als Mrs. Ford oben an der Treppe kreischte und in Ohnmacht fiel. Daraus habe ich geschlossen, daß sie das Licht selbst angemacht haben mußte, um einen Grund für das Betreten des Kinderzimmers zu haben.«

»Sie brauchte außerdem Licht, um sich davon zu überzeugen, daß Mrs. Parry tot war.«

»Ganz recht. Meiner Meinung nach war der Schrei, den sie ausgestoßen hat, sogar echt. Sie muß einen ziemlichen Schreck bekommen haben.« Quinn nickte der Serviererin zu und hob zwei Finger.

Inspektor Elvin schob die Unterlippe vor. »Es ist nicht leicht, jemand zu hassen, der tot vor einem liegt, auch wenn man diesen Menschen so gehaßt hat, daß man ihn umgebracht hat.«

Das Bier wurde serviert, und Quinn zahlte. »Statt hier zu philosophieren, könnten Sie ein bißchen über meine Probleme nachdenken. Was soll ich jetzt tun?«

»Hierbleiben«, antwortete Elvin sofort. »Wir brauchen Sie am Mittwoch.«

»Wozu?« erkundigte Quinn sich mißtrauisch.

»Sie müssen bei der Untersuchung von Miss Wilkinsons Todesursache aussagen.«

»Aber über den Rest meines sogenannten Urlaubs kann ich frei verfügen?«

»Natürlich!« erwiderte der Inspektor. »Sie sind ein freier Mensch und können tun, was Sie wollen.«

»Danke. Etwas tue ich bestimmt nicht.«

»Was denn?« fragte Elvin.

»Ich gehe auf keine Party mehr, ohne persönlich eingeladen zu sein«, antwortete Quinn. »Und die Einladung muß ich schriftlich haben!«

ENDE

Goldmanns WELTRAUM Taschenbücher

Lloyd Biggle
Spiralen aus dem Dunkel
Utopisch-technischer Abenteuerroman
208 Seiten. Band 096. DM 3.–

In den USA landet ein mysteriöses Flugobjekt – wie aus dem Nichts ... Vom Landungsplatz breiten sich in großen Spiralen Bahnen der Vernichtung und Zerstörung aus. Woher kam dieses geheimnisvolle, tödliche Flugobjekt? Aus den Tiefen des Weltraums? Oder etwa aus der Zukunft?

Arthur C. Clarke
Die letzte Generation
Utopisch-technischer Roman
192 Seiten. Band 070. DM 3.–

Gigantische Raumschiffe schweben über den größten Städten der Erde. Wer sind die Besucher aus dem Weltall? Sie nennen sich die ›Overlords‹ und bestimmen das Schicksal der Erde. Im Auftrag einer kosmischen Macht entführen sie die Kinder, um sie auf einem fernen Planeten für eine Gemeinschaftsaufgabe vorzubereiten.

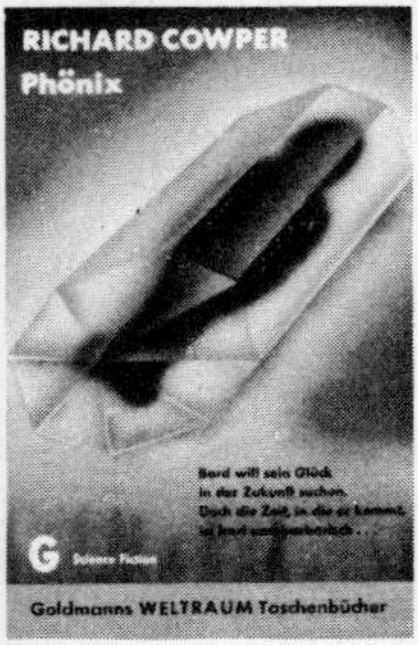

Richard Cowper
Phönix
Utopisch-technischer Abenteuerroman
160 Seiten. Band 099. DM 3.–

Können Menschen im Tiefschlaf Jahrhunderte überleben? Das Problem scheint für die Wissenschaft und Technik unserer Tage fast gelöst. – Der Roman berichtet von einem solchen Experiment. Nach einem todesähnlichen Schlaf im unterkühlten Zustand erwacht Bard Cecil in einer fremden, zukünftigen Welt voller Gefahren.

WILHELM GOLDMANN VERLAG MÜNCHEN